I0686535

SCANDER-BEY

OU

LE HÉROS CHRÉTIEN

DRAME HISTORIQUE EN 4 ACTES

Par Raugatien FAURRÈS

~~~~~~~~

PRIX : 30 CENTIMES

PARIS

LIBRAIRIE BLÉRIOT

I GAUTIER, SUCCESSEUR

55, QUAI DES GRANDS-AUGUSTINS, 55

SCANDER-BEY

OU

LE HÉROS CHRÉTIEN

DRAME HISTORIQUE EN 4 ACTES

PAR

Rogatien FAURRÈS

PARIS

LIBRAIRIE BLÉRIOT

HENRI GAUTIER, SUCCESSEUR

55, QUAI DES GRANDS-AUGUSTINS, 55

PERSONNAGES:

SCANDER-BEY (ou Georges CASTRIOT), prince des Albanais, 36 ans.

AMÈSE, neveu de Scander-Bey, 12 ans.

MOSÈS, cousin de Scander-Bey.

AMURATH II, sultan de Turquie, 36 ans.

HUNYADE (Jean-Corvin), prince de Transylvanie, général polonais.

D'AUBUSSON (Pierre), chevalier de Rhodes.

JEAN DE CAPISTRAN, capucin, légat du pape.

ARIAMNITE, } seigneurs albanais.
DUKAGINI,

ALEXIS, fils d'Ariamnite, 12 ans.

TAMISE, vieil officier et ami de Scander-Bey.

JONIME, soldat serbe, esclave de Musache.

UN VIEILLARD, père de Jonime.

UN ENFANT, fils de Jonime; 10 ans.

MUSACHE, officier turc, secrétaire d'Amurath.

L'ÉVÊQUE DE CROIA.

LE GOUVERNEUR TURC DE CROIA.

UN PACHA.

DEUX CHEVALIERS DE SAINT-JEAN.

UN OFFICIER TURC.

JANISSAIRES, SEIGNEURS ALBANAIS, HOMMES DU PEUPLE ET ENFANTS ALBANAIS, ESCLAVES.

La scène se passe en 1440.

Au 1er acte, sur une place publique de Croïa; au 2e acte, dans la tente de Scander-Bey, devant Croïa; au 3e acte, dans la tente d'Amurath; au 4e acte, dans la grande église de Croïa.

SCANDER-BEY

ou

LE HÉROS CHRÉTIEN

ACTE PREMIER

Le théâtre représente une place publique à Croïa ; à gauche la cathédrale (façade) ; à droite une fontaine.

SCÈNE I

UN OFFICIER TURC, ARIAMNITE, ALEXIS, TROIS SEIGNEURS ALBANAIS, UN TAMBOUR TURC, HOMMES ET ENFANTS DU PEUPLE ALBANAIS ET CHRÉTIENS, DEUX GARDES TURCS.

(*Au lever du rideau, le tambour bat un roulement prolongé.*)

L'OFFICIER (*lisant à haute voix*) :

« Ordonnance du Pacha gouverneur aux chrétiens de Croïa :

« Article 1er. — A l'avenir, le vin et la viande sont interdits aux chrétiens. Quiconque leur en livrera paiera au gouverneur un poids d'or égal à celui de la viande et du vin livrés.

« Article 2. — Interdiction à tout chrétien de puiser de l'eau à une fontaine publique. L'eau destinée aux vrais croyants serait souillée par le contact, ou seulement l'approche des chrétiens ; désormais ils ne pourront user que de l'eau de rivière.

« Article 3. — Tout chrétien rebelle sera enchaîné et employé aux travaux publics. Tout chrétien trouvé avec des armes subira la peine de mort.

« Article 4. — Chaque jour, sur cette place, à quatre heures après midi, justice sera faite à tous ceux qui ont quelque accusation à porter contre les chrétiens.

« Article 5. — Tout chrétien qui jure par Mahomet est cru sur parole, et il est affranchi, par ce fait, de toutes les lois ci-dessus énoncées.

« Dieu seul est grand, et Mahomet est son prophète ! » (*Nouveau roulement de tambour. Un garde affiche la proclamation sur une muraille, au premier plan, à droite. L'officier sort avec les gardes et le tambour.*)

SCÈNE II

LES MÊMES, moins L'OFFICIER, LE TAMBOUR ET LES GARDES.

(Le peuple s'approche de l'affiche.)

ARIAMNITE. — Qu'avons-nous donc fait au ciel ?

ALEXIS. — Mon père !...

ARIAMNITE. — Depuis vingt ans, mon fils, nos souffrances ne font que grandir !

ALEXIS. — Les Sarrasins n'ont donc pas toujours été les maîtres de l'Albanie ?

ARIAMNITE. — Il y a vingt ans, notre patrie était heureuse sous le gouvernement d'un roi sage et pieux, Jean Castriot ; malheureusement les Turcs, ces fléaux du monde, envahirent notre malheureux pays sous la conduite du féroce Amurath 1er. Trop peu nombreux, et pas assez forts pour résister à ses hordes innombrables, nous fûmes vaincus ; notre capitale fut prise ! Le roi fut obligé d'abandonner au Sultan tous ses trésors, de s'engager à payer dix mille ducats par année, et de livrer en otage ses trois fils Contantin, Reposki et Georges, qui n'était alors âgé que de neuf ans. Deux ans plus tard, notre roi mourut de douleur, et depuis personne n'a entendu parler de ses enfants. *(Avec tristesse et après un silence.)* Peut-être sont-ils morts aussi !...

ALEXIS. — Nous n'avons donc plus d'espoir ?

ARIAMNITE. — Aucun ! Il ne nous reste plus qu'à nous disposer à mourir misérablement.

ALEXIS. — J'ai faim, mon père.

ARIAMNITE. — Faim !... mon Alexis !... Autrefois ton père était riche et puissant ; il avait pour demeure un palais somptueux ; sa table était couverte des mets les plus exquis et les plus rares, et aujourd'hui celui qu'on appelle encore le seigneur Ariamnite se voit contraint de venir, au son de la cloche, recevoir le pain de l'aumône !... Moi, tendre la main à la charité de l'évêque ! Dieu ! est-ce assez d'humiliation !

ALEXIS. — Mon père, je n'ai plus faim.

ARIAMNITE, *à lui-même.* — Il le faut ; je suis son père !

(Au son de la cloche, les chrétiens se groupent devant la cathédrale.)

SCÈNE III

LES PRÉCÉDENTS, L'ÉVÊQUE, DEUX ENFANTS.

ALEXIS. — Mon père, c'est l'heure où l'évêque va nous apporter du pain. *(L'évêque vient de droite, précédé de deux enfants, portant chacun une corbeille de pains.)*

L'ÉVÊQUE. — Venez, mes enfants, et bénissons tous le bon Dieu qui connaît, qui compte et pèse nos souffrances ! Voyez quelle belle provision ! Dieu ne nous a point abandonnés ! Seigneur Ariamnite, prenez cette corbeille, et aidez-moi à distribuer.

ALEXIS. — Oh ! qu'il y en a ! (*Recevant.*) Merci, mon père !

ARIAMNITE. — Remercie Dieu, mon fils. (*Il distribue des pains au peuple.*)

ALEXIS. — Mais, où l'Evêque peut-il ainsi, chaque jour, trouver assez de pains pour nourrir tant de monde ?

SCÈNE IV
LES PRÉCÉDENTS, MOSÈS, TAMISE, AMÈSE.

AMÈSE. — Quels sont, Tamise, ces hommes réunis devant ce temple ?

TAMISE. — Prince Amèse, ce sont des Albanais chrétiens.

AMÈSE — Connais-tu ce vieillard qui leur fait l'aumône ?

TAMISE. — C'est le saint évêque de Croïa.

AMÈSE. — Et cet Albanais, qui paraît mieux vêtu que les autres?

TAMISE. — C'est le seigneur Ariamnite, à qui nous devons remettre la lettre de votre oncle.

MOSÈS, à *part*. — Une lettre de Scander-Bey à Ariamnite ! O fortune ! Enfin, tu commences à me sourire ! Quel chef d'accusation auprès d'Amurath, contre ce parent abhorré ! Observons.

L'EVÊQUE, *aux chrétiens*. — Mes enfants, je vous avais fait préparer quelque peu de viande et de vin : les soldats du gouverneur sont venus m'en dépouiller.

TOUS (*murmure général*). — Tigres !... Tyrans !...

L'EVÊQUE. — Ne murmurez pas, mes enfants ; ayez seulement la foi, et notre simple morceau de pain, béni de Dieu, donnera plus de force à nos corps que les mets les plus excellents.

ARIAMNITE. — Mais l'eau des fontaines nous est interdite.

TOUS. — L'eau de la rivière est mauvaise.

L'EVÊQUE. — Apportez-m'en ici, je la bénirai du signe de la croix, et si vous avez la foi du prophète Elisée, Dieu la rendra pure et bienfaisante.

(*Deux enfants sortent avec des cruches.*)

TAMISE. — Seigneur Ariamnite, voici une missive pour vous.

ARIAMNITE. — Quel est ce vieux soldat ?... Il me semble l'avoir déjà vu.

MOSÈS. — Observons. (*Les deux enfants rentrent et viennent à l'Evêque, qui bénit l'eau, ensuite ils la distribuent aux gens du peuple qui boivent.*)

ARIAMNITE, *lisant à part, sur l'avant-scène*. — « Scander-Bey au seigneur Ariamnite et à tous les Albanais, salut.

« Mes Frères,

« Je vous envoie mon neveu Amèse, fils de Reposki, mon frère, sous la conduite de mon cousin Mosès et de Tamise, vieux serviteur de mon père. Recevez-les bien, en mémoire de l'antique alliance de nos deux maisons. Je saurai par eux quels sont vos besoins et vos dispositions. Espérez, je vous porte tous en mon cœur.

« GEORGES CASTRIOT, pacha SCANDER-BEY. »

ARIAMNITE, *donnant la lettre à Alexis*. — Lis, mon fils. (*A part.*) Serait-ce vrai ? Georges vit encore, et cet enfant est le fils de Reposki !... (*Aux chrétiens.*) Albanais, réjouissons-nous, il nous reste des descendants de nos rois : Georges Castriot vit encore.

TOUS. — Georges Castriot !...

ARIAMNITE. — Tamise, hâtez-vous de nous faire connaître son histoire et celle de ses frères.

TAMISE. — Mosès, mieux que moi, pourrait la dire.

MOSÈS, *sèchement*. — Merci ; à toi, si cela te plaît.

TAMISE. — Soit. Vous savez comment ils furent emmenés en otages ? Hélas ! Constantin mourut bientôt après. Reposki mourut l'année suivante. Amèse, son fils, n'était âgé que de quelques mois.

AMÈSE. — Hélas ! je ne l'ai point connu !...

TOUS. — Amèse, fils de Reposki !

ARIAMNITE, *à part*. — C'est donc à cet enfant qu'appartient le trône d'Albanie !

L'EVÊQUE, *à Tamise*. — Et Georges, comment est-il parvenu au grade de pacha ?

TAMISE. — Georges, en naissant, semblait destiné pour les combats. Dieu, vous le savez, avait empreint sur son bras droit la marque d'une épée. Sa jeunesse, sa beauté, ses qualités d'esprit et de corps, touchèrent le terrible Amurath. Le sultan sembla le prendre en affection, et le fit élever parmi les icoglans ou pages du sérail : il avait alors douze ans à peine. Ses progrès dans les sciences furent si rapides, qu'à quinze ans il savait déjà parler le turc, l'arabe, le grec et le slavon avec une égale facilité.

ALEXIS. — Quatre langues en trois ans !

TAMISE. — A dix-huit ans, il entra dans la carrière des armes, et ses harangues aux soldats étaient déjà si éloquentes, que tous, jusqu'au sombre Amurath, étaient charmés de ses discours.

MOSÈS, *à part*. — Tous, excepté moi.

TAMISE. — Sa force de corps, aussi prodigieuse que celle de son esprit, le rendait bien supérieur à ses compagnons.

MOSÈS, *à part*. — Supérieur !

TAMISE. — Mais de si beaux talents ne pouvaient manquer d'exciter contre lui l'envie des âmes lâches.

MOSÈS, *à part*. — Misérable !

TAMISE. — Les Osmanlis surtout, ne pouvant supporter qu'un si jeune Grec les surpassât en mérite, parvinrent à éveiller contre lui la jalousie du Sultan. Et depuis, ce prince fit exposer sa vie à de tels dangers qu'on aurait dit qu'il cherchait à s'en défaire.

MOSÈS, *à part*. — Que n'a-t-il réussi !

TAMISE. — Une fois, il le fit lutter seul contre un géant scythe ; Georges terrassa le colosse, dont la chute seule aurait dû l'écraser. Une autre fois, deux nobles Russes étaient venus dans Andrinople défier, en champ clos, les quatre plus braves des Osmanlis ; mais aucun n'ayant osé accepter le défi, le sultan y envoya le jeune

Castriot ; Georges fendit le crâne d'un de ses adversaires, et d'un second coup d'épée, il transperça l'autre par le milieu du corps.

Tous. — Très bien ! très bien ! bravo !

L'Evêque. — O Dieu !...

Amèse. — Je me sens frémir !

Ariamnite. — Quelle force !

Tamise. — Ce beau fait d'armes lui gagna les bonnes grâces d'Amurath, qui le nomma sangiak des Janissaires. Mais ses ennemis, qui ne s'endormaient point, l'accusèrent d'avoir trempé dans un complot contre la vie du sultan. Amurath voulut qu'il prouvât son innocence en combattant contre un lion.

Pour se défendre, Georges n'avait qu'un poignard. Le voici qui entre dans l'arène ; le féroce animal, qu'on avait affamé depuis deux jours, pousse, en le voyant, un rugissement affreux ; les spectateurs sont glacés d'épouvante. Georges a conservé tout son sang-froid ; en un clin d'œil le lion bondit sur sa victime. Mais soudain il tombe sans mouvement : le fer, enfoncé jusqu'à la garde, était rivé dans sa tête.

L'Evêque. — De tels faits sont à peine croyables.

Mosès, à part. — Sortons, je souffre trop. (Au moment où il sort, entre Jean, qui se tient à l'écart.)

Ariamnite. — Et que dirent alors ses lâches envieux ?

Tamise. — Que cette preuve était insuffisante...

Alexis. — Et ensuite?

Tamise. — Ils demandèrent qu'il combattît encore le lendemain contre un énorme sanglier ; le sultan le leur accorda. Toute la ville d'Andinople était à ce spectacle. Cette fois, pour se défendre, Scander-Bey avait une longue épée : le sanglier fut vaincu comme le lion. Tout à coup, au bruit des acclamations du peuple, se mêle un sourd mugissement, et l'on voit, bondissant dans l'arène, un taureau sauvage ; ses regards furieux lancent des éclairs ; de ses larges naseaux s'échappe en frémissant une brûlante vapeur ; ses pieds de fer creusent le sol et soulèvent un nuage de poussière. « Il s'est échappé de sa cage ! » crient les gardes. Mais nul ne s'y méprend, et le peuple indigné, crie : « Trahison, trahison ! »

Cependant le taureau aperçoit son adversaire, il dresse sa tête et ses cornes terribles ; puis il recule de quelques pas, et s'élance impétueusement sur son ennemi. Celui-ci, sur le point d'être atteint, se jette de côté ; le taureau continue sa course inutile, Georges le suit, et au moment où le féroce animal s'efforce de revenir sur ses pas, le héros décharge sur son encolure un si grand coup d'épée que la tête est séparée du corps.

Tous. — O bonheur !... O ciel !... Dieu le protège !...

Tamise. — A ce coup, le peuple n'y tient plus, on proclame hautement son innocence ; et le sultan le salue du beau nom de Scander-Bey.

Alexis. — Quel sens a donc ce nom ?

Tamise. — Scander-Bey signifie Seigneur Alexandre ; et ce titre, il le justifia bientôt par une série de triomphes sur les peuples d'Asie et sur le klan de Servie, qu'il soumit dans vingt batailles sans avoir été blessé, même à une seule. Aujourd'hui il est là, à deux lieues de votre cité, sur le point de réduire à néant Hunyade Corvin et ses 40,000 hommes.

L'EVÊQUE. — Alors il n'est donc plus chrétien ?

SCÈNE V

LES PRÉCÉDENTS, JEAN DE CAPISTRAN, *paraissant tout à coup.*

JEAN. — Non, il n'est plus chrétien, celui qui combat contre les enfants du Christ et les défenseurs de l'Eglise.

TAMISE. — Hélas !...

TOUS. — Quel est ce moine ?

JEAN, *présentant sa bulle à l'Evêque.* — Voyez, Monseigneur.

L'EVÊQUE. — Jean de Capistran ! Mes amis, à genoux ! Cet homme est légat du Saint-Père dans l'armée chrétienne. (*Tous s'age-nouillent.*) Légat, bénissez-nous.

JEAN. — Au nom de Dieu et de son Vicaire, je vous bénis. (*Ils se relèvent. Bas à l'Evêque en lui désignant Ariamnite.*) Peut-on confier à ce seigneur les destinées de l'Eglise et de votre patrie ?

L'EVÊQUE, *bas.* — Il en est digne. (*Haut à Ariamnite.*) Seigneur Ariamnite, le légat désire vous parler.

ARIAMNITE. — Je suis à votre disposition, Monseigneur.

L'EVÊQUE. — Mes enfants, entrons dans notre sainte cathédrale pour implorer les lumières du ciel, et prier pour le salut de l'Eglise. (*Ils entrent tous dans l'église, excepté Jean et Ariamnite.*)

SCÈNE VI

JEAN, ARIAMNITE.

JEAN. — Seigneur Ariamnite.

ARIAMNITE. — Monseigneur.

JEAN. — Avez-vous encore au cœur quelque amour de la patrie, de la liberté et de la religion ?

ARIAMNITE. — Seigneur, je suis chrétien.

JEAN. — Oui, chrétien, vous aurez tout cela.

ARIAMNITE. — Dieu seul connaît mes douleurs !

JEAN. — Les seigneurs albanais seconderaient-ils les efforts de ceux qui sont venus de loin pour vous sauver ?

ARIAMNITE. — Pouvez-vous en douter ?

JEAN. — Ils consentiraient à livrer la cité à Hunyade et à d'Au-busson ?

ARIAMNITE. — Nous mourrons tous pour briser nos fers.

JEAN. — Allez donc, réunissez-les sous le portique, et dans une heure faites-moi connaître vos décisions.

ARIAMNITE. — Dans une heure. (*Il salue profondément Jean et entre dans la cathédrale au moment où l'Evêque en sort.*)

SCÈNE VII

JEAN, L'ÉVÊQUE.

JEAN. — Que Dieu sauve Hunyade !

L'ÉVÊQUE. — Monseigneur paraît affligé !

JEAN. — Vieillard, grandes sont nos douleurs, et cependant elles grandiront peut-être encore.

L'ÉVÊQUE. — Que voulez-vous dire ?

JEAN. — L'armée chrétienne se trouve réduite à la dernière extrémité.

L'ÉVÊQUE. — Est-ce possible ?

JEAN. — Trois victoires remportées sur les généraux du sultan nous avaient d'abord rendus maîtres de la Servie, subjuguée, il y a un an, par le pacha Scander-Bey.

L'ÉVÊQUE, à part. — Malheureux rénégat !

JEAN. — Encouragé par un premier succès, et par l'arrivée de vingt chevaliers de Rhodes, conduits par le jeune et vaillant d'Aubusson, Hunyade crut pouvoir s'avancer jusque sur les confins de l'Albanie. Il espérait qu'à son approche, vous relèveriez l'étendard de la liberté, et qu'aidés de ses armes vous vous soustrairiez au joug des infidèles. Vain espoir ! A peine arrivés sur les bords de la Drine, nous nous trouvâmes arrêtés par une armée double de la nôtre. Depuis un mois nous sommes en présence de l'ennemi sans avoir pu l'attirer au combat. Le général est cependant ce même Scander-Bey qu'on dit si redoutable.

L'ÉVÊQUE, avec douleur. — Scander-Bey !

JEAN. — Que sur ce rénégat tombe, de tout son poids, la malédiction !...

L'ÉVÊQUE. — Oh ! ne le maudissez pas ; le Sultan a abusé de sa trop grande jeunesse, mais il a le cœur généreux. Ce n'est qu'avec peine qu'il combat les chrétiens. Je sais qu'il porte continuellement sur lui le chapelet et le scapulaire que lui donna sa mère au moment de leur séparation.

JEAN. — Oh ! alors, si les seigneurs refusent, j'irai à lui, je l'attendrirai par le souvenir de sa mère, et par le tableau des maux qu'il va causer à son pays et à l'Eglise. (On entend l'orgue préluder à l'intérieur de l'Eglise.)

L'ÉVÊQUE. — Voici que commence le chant de nos hymnes sacrées ! Allons aussi invoquer le Christ et sa Mère. (Ils entrent dans l'Eglise. Chants dans l'intérieur. — La scène reste vide pendant la moitié du chœur suivant. — Alors Mosès entre d'un air inquiet, s'arrête, écoute un instant, puis cherche à droite et à gauche, pendant que le chant s'éteint peu à peu. Il ne parle que sur les derniers accords.)

(Chœur extrait de Guillaume Tell.)

O Christ ! que l'Albanie implore,
En toi ton peuple espère encore !   } bis.
Renverse et brise le Croissant ;
Etends sur nous ton bras puissant ! (b   )

B1

SCÈNE VIII
MOSÈS.

Mosès. — Ils sont partis !... Où sont-ils ?... Là, sans doute, avec
les chrétiens. En les attendant, recueillons un instant nos pensées.
Scander-Bey s'inquiète du sort des Albanais. Il m'envoie leur porter
ses témoignages d'affection, l'assurance de son attachement à sa patrie, et le désir qu'il a de les rendre heureux. Il veut qu'à mon retour
je lui rende un compte fidèle de l'Albanie. Mais que signifie cette dé-
marche ?... Sa lettre, surtout, ne me révèle-t-elle point ses vues
secrètes ?... Non, je ne me trompe pas, c'est pour lui qu'il a toujours
désiré le trône d'Albanie, et non pour le jeune Amèse. Sa tendresse
pour cet enfant n'est que le masque dont il couvre son ambition.
Mais, moi aussi, j'aime l'éclat de la couronne. A moi aussi sourient
les splendeurs de la pourpre royale. Assez, Scander-Bey, assez de
luxe t'environne. Chaque parole dite à ta gloire vient comme un
serpent cruel me mordre le cœur. Cueille encore longtemps, si Dieu
le permet, les palmes de la victoire; mais ce trône est vide et je vais
m'y asseoir. Déjà, Scander-Bey, le Sultan est prévenu de tes ména-
gements pour les chrétiens. Déjà, il sait que vingt fois tu aurais pu les
exterminer si tu l'eusses voulu. Oui, Scander-Bey, tu périras à force de
gloire, et ton corps me servira de premier degré pour arriver au trône.

Mais Tamise tarde bien à venir. (*S'approchant de l'Eglise et la regardant.*) Dieu ! ce temple me fait peur !... C'est là, cependant, que
coula sur mon front l'onde du saint Baptême... C'est là que, pour la
première fois, je... Non, non, fuyez loin de moi, affreux souvenirs !...
Mon premier pas fut un sacrilège !... Et maintenant !... j'abhorre
tout ce qui est chrétien !... Je voudrais que toutes les églises catho-
liques fussent anéanties ! Et toi, ô temple ! dont la vue éveille mes
remords, que ma destinée s'accomplisse, et de tes sombres mu-
railles, il ne restera pas pierre sur pierre !... (*Il s'approche du portique de
l'église et écoute.*) J'entends des voix sous le portique,... il me semble
reconnaître celle du seigneur Ariannite... C'est maintenant le seigneur Dukagini qui parle... Comme leur conversation s'anime !...
Ecoutons... Ah ! il s'agit de livrer à Hunyade les portes du Nord...
Une conspiration !... (*Ecoutant.*) Le soir, les conjurés, armés de poignards, se réuniront sur la place, à l'occasion du jugement... Ils
attaqueront la porte à livrer aussitôt que le gouverneur sera rentré
dans la forteresse... Je n'entends plus rien... (*Il regagne l'avant-scène.*)

Ainsi, les seigneurs veulent tenter de secouer le joug des Osmanlis... Si j'allais m'offrir à eux pour être leur roi et me mettre à
leur tête... Moi, renégat ! Ils me repousseraient avec horreur... Si je
redevenais chrétien !... Mais je ne puis être chrétien, puisque pour
être roi d'Albanie il me faut marcher sur deux cadavres !... (*Il
marche encore avec agitation.*) C'en est fait : que Dieu me donne ce
trône, je lui fais grâce du ciel !

(*La symphonie recommence. Mosès écoute.*)
(*Reprise du chœur précédent, seulement la seconde moitié.*)

SCÈNE IX

AMURATH, *déguisé*, MOSÈS, UN ESCLAVE.

AMURATH, *suivi d'un esclave grec.* — Quels sont ces chants ?...
Quoi ! les Albanais sont chrétiens encore ?... Que fait donc le Gouverneur ?... (*Apercevant Mosès.*) Mosès à Croïa ! Que signifie ?...

Mosès, *à part.* — Le Sultan !... (*Haut.*) Que Votre Hautesse...

AMURATH. — Silence ! Ne vois-tu pas que je veux rester inconnu ?
Qu'es-tu venu faire ici ?

Mosès. — Obéir à mon général.

AMURATH. — De quelle mission es-tu chargé ?

Mosès. — De relever l'espérance des chrétiens.

AMURATH. — Et tu t'en es acquitté ?

Mosès. — Non, Seigneur.

AMURATH. — Alors Scander-Bey, seul, est un traître ?

Mosès. — Il y a longtemps que je vous l'ai dit.

AMURATH. — Cet homme, il faut qu'il meure ! La moitié de mon
empire à celui qui m'en délivrera.

Mosès. — C'est trop, Monseigneur, je puis vous le livrer à moins.

AMURATH. — Et que demandes-tu ?

Mosès. — Seulement le petit royaume d'Albanie.

AMURATH. — Soit ! mais tu n'es plus chrétien.

Mosès. — Dans un an, je jure qu'aucun de mes sujets ne le sera.

AMURATH. — Espères-tu convertir à Mahomet les seigneurs Ariamnite, Stretza et Dukagini ?

Mosès. — Ils seront morts.

AMURATH. — Et de quoi les accuseras-tu ?

Mosès. — De trahison.

AMURATH. — Ah ! ils conspirent ?

Mosès. — Et je connais leur complot.

AMURATH. — Tu sais comment le déjouer ?

Mosès. — Oui, Seigneur.

AMURATH. — Bien, je compte sur toi. Mais cela ne suffit point,
il me faut contre Scander-Bey une preuve écrasante ; tu sais combien
ses soldats l'idolâtrent. Une injustice contre lui pourrait mettre ma
vie en danger : Scander-Bey est une menace pour ma couronne.

Mosès. — Et pour la mienne aussi.

AMURATH. — As-tu, contre notre ennemi commun, cette preuve
nécessaire ?

Mosès. — Je l'aurai.

AMURATH. — Quand ?

Mosès. — Aujourd'hui peut-être, demain au plus tard.

AMURATH. — Quelle est cette preuve ?

Mosès. — Sa lettre aux Albanais.

AMURATH. — Cela suffit. A demain donc, au camp même de
Scander-Bey.

Mosès. — A demain

AMURATH, *à part.* — Scander-Bey ! les chrétiens sont épuisés de faim ; à moi maintenant la gloire de les avoir vaincus. (*Il sort.*)

SCÈNE X

MOSÈS, UN OFFICIER, DEUX OUVRIERS, *portant ce qu'il faut pour dresser une petite estrade.*

L'OFFICIER. — Dressez ici le tribunal. (*Il leur montre le premier plan, à droite.*)

MOSÈS, *à part.* — Maintenant à moi d'agir. Il me faut avant tout la lettre de Scander-Bey. Elle est entre les mains d'Ariamnite ou de son fils ; le complot me les livrera tous deux. Mais si les conspirateurs venaient à se raviser ; si par des circonstances quelconques le complot était ajourné !... O Mahomet ! inspire-moi, puisque je t'appartiens ! (*Les ouvriers placent un siège sur l'estrade.*)

L'OFFICIER. — Seigneur Bey des Janissaires, vous n'êtes point de la garnison de Croïa ?

MOSÈS. — Non, pourquoi ?

L'OFFICIER. — Je pensais que vous seriez bien aise de savoir comment notre gracieux Pacha rend justice aux misérables chrétiens.

MOSÈS. — Oh ! l'heureuse inspiration ! Officier, c'est Mahomet qui vous envoie.

L'OFFICIER. — Moi ?

MOSÈS. — Oui, écoutez : il s'agit de sauver la ville, notre vie, celle du Gouverneur, et mieux encore, celle d'Amurath peut-être.

L'OFFICIER. — Expliquez-vous.

MOSÈS. — Mon secret ne peut être confié qu'au Gouverneur lui-même ; mais tenez, voilà de l'or ; plus tard, si je réussis, vous en aurez encore.

L'OFFICIER. — Que faut-il faire ?

MOSÈS. — Devant le Gouverneur, réclamez, comme fils d'un de vos esclaves, le jeune Alexis, fils du seigneur Ariamnite.

L'OFFICIER. — C'est facile ; et après ?

MOSÈS. — Et après, vous saurez tout. (*A part.*) C'est cela, le père voudra le défendre, et tous deux seront arrêtés. (*Il sort.*)

L'OFFICIER. — Voilà qui est étrange.

SCÈNE XI

LES MÊMES, moins MOSÈS, UN VIEILLARD, UN ENFANT.

LE VIEILLARD, *s'affaissant.* — Je ne puis aller plus loin.

L'ENFANT. — Allons, père, du courage !

L'OFFICIER, *à ses ouvriers.* — Continuez, ce n'est qu'un chrétien.

LE VIEILLARD. — Un peu d'eau, mon fils.

L'ENFANT, *court à la fontaine une gourde à la main.* — Ah ! une fontaine !

L'OFFICIER, *le repoussant.* — Arrière ! tu es chrétien.

L'ENFANT. — Pitié ! mon père meurt de soif.

L'OFFICIER, *le repoussant.* — Que m'importe ! arrière !

SCÈNE XII

LES MÊMES, AMÈSE, TAMISE, *sortant de l'église.*

AMÈSE. — Oh! le méchant soldat!

TAMISE, *brusquant l'Officier.* — Pourquoi frappes-tu cet enfant?

L'OFFICIER. — Ne vois-tu pas que c'est un chrétien?

L'ENFANT, *à Tamise.* — O seigneur! sauvez mon père, il a bien soif.

AMÈSE, *prenant la gourde.* — Donne, je vais lui apporter à boire. (*Il va puiser de l'eau.*)

TAMISE, *à l'Officier.* — Hein! il peut puiser de l'eau; viens donc l'en empêcher.

L'OFFICIER. — Quelle insolence!

AMÈSE, *donnant à boire au vieillard dans une écuelle de bois.* — Buvez, bon vieillard, buvez.

LE VIEILLARD, *après avoir bu.* — Oh! merci! Que Dieu te bénisse, enfant.

AMÈSE, *donnant à boire à l'enfant.* — Et toi aussi, bois, pauvre petit.

L'ENFANT, *après avoir bu.* — Oh merci! ange que Dieu nous envoie.

AMÈSE, *tirant de sa poche deux poires et un petit pain qu'il partage.* — Tenez, mes amis, mangez ce pain et ces fruits; moi, je n'ai pas faim.

TAMISE. — Mais vous n'avez donc point d'argent pour acheter du pain?

LE VIEILLARD. — Ce matin, à la porte de la ville, les soldats musulmans m'ont dépouillé de tout.

AMÈSE. — Pauvre vieillard!

TAMISE. — Vous êtes étrangers peut-être?

LE VIEILLARD. — Nous sommes de pauvres habitants de la Servie.

AMÈSE. — Alors, venez avec nous au camp de Scander-Bey, mon oncle; il est bon, venez, je lui dirai de vous donner un gîte et des secours.

LE VIEILLARD. — Scander-Bey! Ah! il est l'auteur de tous nos maux! Non, merci; je reste ici pour demander justice.

TAMISE. — Alors que Dieu vous soit en aide! (*Il sort avec Amèse au fond, à droite; l'Officier et les deux ouvriers sortent, à gauche.*)

SCÈNE XIII

LE VIEILLARD, L'ENFANT.

LE VIEILLARD. — Scander-Bey, oui, c'est lui qui, après avoir détruit notre armée et subjugé mon pays, a emmené mon fils en esclavage. O mon fils, il ne me reste maintenant plus d'espoir de te revoir jamais: la somme que j'apportais à Scander-Bey pour ta rançon, cette somme qui provenait de la vente de tous mes biens, ils me l'ont prise, et je ne puis plus racheter mon enfant. (*On entend le tambour au loin.*)

L'ENFANT. — Espérez, mon père: voici l'heure de la justice.

SCÈNE XIV

MOSÈS, LE GOUVERNEUR, L'OFFICIER, LE VIEILLARD,
L'ÉVÊQUE, ARIAMNITE, ALEXIS, DUKAGINI, SEIGNEURS
ALBANAIS, PEUPLE.

(*A gauche, entre le Gouverneur, précédé des gardes et d'un tambour. A droite et à gauche entrent les chrétiens.*)

Mosès, *conversant avec le Gouverneur.* — Les seigneurs chrétiens sont armés de poignards.

Le Gouverneur. — Tu crois ?...

Mosès. — Et peut-être leur conspiration éclatera-t-elle avant le jugement.

Le Gouverneur. — Je suis prêt : toute la garnison est sous les armes ; cette place est environnée de soldats ; à la moindre émeute, aucun des seigneurs n'échappera. (*Mosès parlant bas avec le Gouverneur jette de temps en temps un regard avide sur Alexis.*)

Alexis. — Père, cet homme qui parle secrètement au Pacha, n'est-ce pas le cousin de Scander-Bey ?

Ariamnite. — Oui, c'est l'apostat Mosès. (*A part.*) Sa physionomie est celle d'un traître.

Alexis, *bas à son père.* — S'il connaissait le complot !

Ariamnite, *de même.* — Cela est impossible. (*Mosès regarde Alexis.*)

Alexis. — Oh ! il vient de jeter sur moi un regard qui m'a fait peur.

Ariamnite. — Ne crains rien. (*Mosès parle bas à l'Officier et du doigt lui montre Alexis.*)

Alexis. — Regarde, il vient de me désigner du doigt à l'Officier auquel il parle maintenant.

Ariamnite, *à part.* — Que peut-il vouloir à mon fils ?

(*Au bruit du tambour, le Gouverneur s'assied sur son tribunal.*)

L'Enfant, *au vieillard.* — Père, voici le soldat qui t'a dépouillé.

L'Officier. — Que ceux qui ont à se plaindre au Gouverneur s'approchent du tribunal.

Le Vieillard. — Seigneur, ce soldat m'a dépouillé de la somme avec laquelle je devais racheter mon fils esclave ; faites-moi justice.

Le Gouverneur. — Je le veux bien ; jure par Mahomet que tu as dit la vérité.

Le Vieillard. — Je suis chrétien.

Le Gouverneur. — Et tu viens me demander justice ?... Qu'on le fasse retirer. (*Deux gardes le repoussent.*)

Le Vieillard. — Ô Scander-Bey ! il ne me reste plus que l'appel à ta pitié ! Viens, mon fils. (*Tous deux sortent.*)

Le Gouverneur. — Personne n'a d'accusation à porter contre les chrétiens ?

L'Officier. — Moi, Seigneur.

Le Gouverneur. — Parle.

L'Officier. — Un de mes esclaves avait un fils qui était chrétien ; or, cet enfant s'est enfui chez un seigneur albanais, et je viens te prier de me le faire rendre, car il m'appartient comme fils de mon esclave.

Le Gouverneur. — Et quel est ce seigneur qui a eu l'audace de te ravir ton bien?

L'Officier. — C'est le seigneur Ariamnite.

Tous, *étonnés.* — Ariamnite.

Ariamnite. — Moi !

Alexis. — Mon père !

L'Officier. — Et cet enfant (*désignant Alexis*), le voici.

Ariamnite. — L'infâme ! (*Alexis reste stupéfait.*)

Tous. — Quelle horreur !

Le Gouverneur. — Seigneur Ariamnite, qu'avez-vous à répondre?

Ariamnite. — Rien.

Le Gouverneur. — Qu'on saisisse cet enfant, et qu'on le rende à son maître.

Alexis, *s'attachant à son père.* — O mon père !

Ariamnite, *aux gardes.* — Arrêtez !... Laissez-moi l'embrasser une dernière fois. (*Il le regarde avec amour et désespoir.*) Alexis, mon fils ! toi, esclave des Musulmans !...

Alexis. — O mon père ! mieux vaut la mort !

Ariamnite. — Oui, mon enfant, mieux vaut la mort ! Reçois ce dernier bienfait de la main de ton père. (*Il tire un poignard caché, et lève le bras pour le frapper.*)

L'Evêque, *l'arrêtant.* — Malheureux ! qu'allez-vous faire ?
    (*Les gardes livrent Alexis à l'Officier et à Mosès.*)

Ariamnite. — Mon fils ! où est mon fils ?

L'Evêque, *le calmant.* — Entre les mains de Dieu, qui est tout-puissant.

Ariamnite, *désarmé par les gardes.* — Malheureux père !

Le Gouverneur. — Gardes, saisissez-vous de l'Evêque et des seigneurs Ariamnite, Stretza et Dukagini.

Tous quatre. — Nous étions trahis ! (*On les arrête.*)

Le Gouverneur. — Emparez-vous de leurs armes.

Dukagini, *à l'Evêque.* — Nous défendrons-nous ?

L'Evêque. — Vous feriez un plus grand mal, confions-nous à Dieu.
    (*Les seigneurs rendent leurs armes.*)

Le Gouverneur. — Qu'on les emmène à la forteresse.

Alexis. — O mon père !

Ariamnite, *s'arrachant à ses gardes.* — Mon fils !... (*Arrêté de nouveau.*) Adieu !...
    (*Tous sortent, moins Mosès et Alexis.*)

Mosès. — Donne-moi la lettre de Scander-Bey et tu iras rejoindre ton père.

Alexis. — Ah ! tenez, tenez. (*Il lui donne la lettre.*) Mon père ! (*Il sort rapidement.*)

Mosès. — Enfin, j'ai réussi ; partons ! (*Il sort d'un air triomphant.*)

(*Pendant ces derniers mots, Jean entre, regarde avec douleur les prisonniers qu'on emmène, tombe à genoux et lient ses mains et ses yeux élevés vers le ciel dans l'attitude de la douleur suppliante.*

                    (*Le rideau baisse.*)

ACTE DEUXIÈME

La tente de Scander-Bey devant Croïa ; deux entrées au fond, à droite et à gauche ; au milieu, à peu de distance du fond, une colonne de bois soutenant les draperie: de la tente ; coulisse à gauche conduisant à un réduit fermé par une portière en tapisserie ; à droite, un canapé pouvant servir de lit ; à gauche, une table, une clepsydre, un écritoire, un coffret, papiers, plumes.

SCÈNE I

MOSÈS, UN ESCLAVE, puis AMURATH, *sous le costume de soldat turc.*

(*Au lever du rideau, on entend au dehers les cris de :* Vive Scander-Bey !... *Mosès dans le fond, vers la gauche, tient l'esclave par la main dans l'attitude de quelqu'un qui attend la fin des cris pour parler.*)

Mosès. — Va, et dis à ton maître qu'il peut entrer. (*L'esclave sort.*) A moi maintenant de profiter des honneurs, de la fortune. (*Il va à droite au-devant du Sultan qu'il invite à entrer.*) Entrez, monseigneur, nous ne pouvons être mieux cachés que dans la tente même du général. (*Cris s'éloignant :* Vive Scander-Bey !)

Amurath. — Tu es bien seul ?

Mosès. — Seul, Monseigneur ; Amèse et Tamise sont avec lui.

Amurath. — Et combien dure la revue de son armée ?

Mosès. — Une grande heure, Monseigneur ; il ne rentrera que vers midi.

Amurath. — Sais-tu pourquoi je suis venu dans cette tente ?

Mosès. — Pas précisément, car je vous ai remis la lettre de Scander-Bey aux Albanais.

Amurath. — Je t'ai donné ma parole de te faire roi.

Mosès. — Et vous venez la tenir ?

Amurath. — Non, car avant de te l'avoir donnée, j'avais juré à Scander-Bey d'élever au trône d'Albanie, Amèse, son neveu, et je lui en confiai l'acte écrit et solennel.

Mosès. — Mais, Scander-Bey mérite la mort !

Amurath. — Et comment ? sa lettre n'est plus une trahison s'il peut la justifier par mon approbation même.

Mosès. — Et alors ?

Amurath. — Alors, si tu veux être roi, il faut t'emparer de cet acte et le détruire.

Mosès. — Ce sera difficile.

Amurath. — Il suffit que ce soit possible. (*Cris lointains :* Vive Scander-Bey !) Entends-tu ces acclamations ?

Mosès. — Scander-Bey est adoré des soldats ; rien ne saurait être comparé à l'enthousiasme qu'il leur inspire. C'est à peine si votre nom leur vient encore quelquefois en pensée. Qui sait si dans leurs cris ne se mêle pas celui de Padicha ?

Amurath. — Ils n'oseraient !

Mosès. — Le jour n'est pas loin...

Amurath. — Les misérables ! Va, observe de près, écoute tout,

tu me feras ensuite un récit fidèle de ce qui se sera passé. Ah!
malheur à Scander-Bey si, une seule fois, il osait arrêter son regard
sur les diamants de ma couronne! (*Cris lointains:* Vive Scander-
Bey!) Va donc, et reviens m'avertir de son approche. (*Cris lointains.*)

Mosès. — Ecoutez! comme il en doit être fier! C'est plus qu'on
ne fit jamais à son souverain. (*Il sort.*)

SCÈNE II

AMURATH, *seul*.

AMURATH, *seul*. — Tes paroles, ô Mosès, attisent le feu qui me
dévore... mais n'importe, je t'aime, toi, parce que tu veux sa ruine,
et que ton âme et la mienne vivent de la même haine. Cette haine,
ah! elle me ronge le cœur et me domine tout entier! N'est-ce pas
elle qui, en ce moment, me fait oublier qui je dois être? Me voilà,
moi, l'héritier du prophète, le Sultan de toutes les Turquies, celui
dont le nom est l'effroi des peuples et fait trembler les rois, celui
dont la gloire a rempli le monde, obligé de descendre au rôle d'un
vil espion, perdu dans la foule de mes sujets, et ne paraissant aux
yeux des Turcs que sous le costume grossier d'un de mes soldats. Oh!
aberration! Oh! mystérieux supplice de mon cœur! Oh! secrets mou-
vements que je n'ose avouer! La moitié de l'Asie m'appartient, tout
le nord de l'Afrique obéit à ma loi, je puis fouler sous mes pieds le
tiers de l'Europe, et cependant tout cela ne me semble rien; un seul
homme voile tout à mes yeux; et cet homme, il était mon esclave!
Ah! que ne lui ai-je arraché la vie comme à ses frères! Pourquoi
lui ai-je moi-même ouvert le chemin de la gloire et de la fortune?
Maintenant, nuit et jour, son image me poursuit. (*Cris plus rapprochés.*) Ecoute, Amurath! écoute... tu le vois, sa gloire éclipse la
tienne; qui maintenant parle de tes victoires?... Pauvre Amurath!
tu n'es plus rien: Hunyade t'a vaincu... Pour te venger, il t'a fallu
employer le bras de cet homme odieux! Et voilà que je vais descendre dans la tombe en laissant un nom oublié et flétri...

Si encore celui qui éclipse ma gloire était de mon sang! Si du
moins c'était Mahomet, mon fils, je pourrais, dans mon amour de
père, trouver assez de force pour lui pardonner!... Mais non, cet
homme est un étranger, et son sang est le sang d'un chrétien!...

O fatalité! se peut-il concevoir une humiliation pareille à la
mienne! et souffrirais-je plus en perdant mon empire? (*Il tombe affaissé
sur un fauteuil. — Se relevant après un silence.*) Insensé! et pourquoi
tant souffrir? Ne puis-je donc pas m'en défaire d'un seul coup? N'ai-je
pas à ma disposition des milliers d'esclaves prêts à me servir?... Mais
on dira que je l'ai fait mourir par jalousie... Mais en le couchant
dans un sépulcre je n'y ensevelirai point sa gloire... son nom resterait
toujours pur et sans tâche: le mien, le mien seul serait flétri...

Non, non, Scander-Bey, ce n'est point de ta vie que mon âme a
soif, mais de ta vertu. (*Cris plus rapprochés.*) Criez, soldats, saluez-le
du nom de grand; il ne lui reste plus qu'un jour à vous entendre:

H...l

SCÈNE III

AMURATH, MOSÈS, puis SCANDER-BEY, TAMISE, AMÈSE, SOLDATS.

Mosès, *entrant.* — Monseigneur, il est temps de vous retirer ; Scander-Bey approche ; regardez !

AMURATH. — Mais ses soldats le portent en triomphe ! (*Cris :* Vive Scander-Bey !)

Mosès. — Il en est ainsi chaque fois qu'il paraît.

AMURATH. — Non, je reste ; je veux voir de mes yeux leurs transports insolents, je veux être témoin de leur délirante joie.

(*Scander-Bey entre porté en triomphe par ses soldats.*)

SCANDER-BEY. — Merci, mes amis ; maintenant retirez-vous, et disposez-vous à la bataille ; chaque heure du jour peut nous l'apporter sur ses ailes, et s'il plaît à Mahomet, demain vous aurez l'occasion de rougir vos cimeterres du sang ennemi.

TOUS. — Vive Scander-Bey !

SCANDER-BEY. — Criez : Vive Amurath ! Gloire au Sultan !

TOUS. — Vive Amurath ! Gloire à Mahomet !

TAMISE, *au Sultan.* — Et toi, tu ne dis rien ?

AMURATH. — Vive Amurath ! Gloire à Scander-Bey !

(*Les soldats sortent.*)

AMURATH, *bas à Mosès.* — Ne l'oublie point, il me le faut aujourd'hui même.

Mosès, *de même.* — J'y pense, Monseigneur. (*Le Sultan sort.*)

SCÈNE IV

SCANDER-BEY, AMÈSE, MOSÈS, TAMISE.

SCANDER-BEY. — Les braves soldats !

TAMISE. — Tous se feraient tuer pour vous.

AMÈSE. — Je suis tout fier d'avoir un oncle si aimé.

SCANDER-BEY, *l'embrassant.* — Et qui t'aime plus encore.

AMÈSE. — Mon bon oncle !

SCANDER-BEY. — Oui, qui t'aime, toi, le fils de mon pauvre frère, toi, l'espoir de notre patrie, l'unique rejeton d'une race de rois !

Mosès. — L'unique ! et nous, Seigneur ?

SCANDER-BEY. — Ni toi, ni moi, ne comptons plus, Mosès ; nous avons renié ce titre.

Mosès. — Et comment ?

SCANDER-BEY. — En reniant la foi de nos pères ; crois-tu que s'ils vivaient encore, ils voudraient nous reconnaître pour leurs descendants ?

Mosès. — Mais alors, Amèse l'est-il plus que nous ?

SCANDER-BEY. — Peut-être.

Mosès. — Ah !

TAMISE. — Il se pourrait ?

AMÈSE. — Que dites-vous, mon oncle ?

SCANDER-BEY, *s'asseyant*. — Enfant, viens ici sur mon cœur, et vous, Mosès et Tamise, asseyez-vous près de moi, vous qui êtes mes amis et les siens. (*Ils s'asseoient.*) A ton avis, Mosès, doit-il y avoir unité de croyance entre un roi et son peuple ?

MOSÈS. — En doutez-vous, cher cousin ?

SCANDER-BEY. — Ecoute donc, et juge-moi. (*A Amèse.*) Enfant, sais-tu quel est ton nom ?

AMÈSE, *étonné*. — Oui, mon oncle, je m'appelle Amèse.

SCANDER-BEY. — Et encore ?

AMÈSE. — Vous ne m'avez jamais nommé qu'ainsi.

SCANDER-BEY. — Tu t'appelles Amèse Castriot.

AMÈSE. — Je l'ignorais.

SCANDER-BEY. — Te souviens-tu d'avoir connu ton père ?

AMÈSE. — J'en ai une image confuse.

SCANDER-BEY. — Te rappelles-tu sa mort ?

AMÈSE. — Ah ! je me souviens qu'il se tordait dans d'affreuses convulsions.

SCANDER-BEY. — Enfant, des méchants l'avaient empoisonné.

AMÈSE. — Empoisonné ! Et pourquoi ?

SCANDER-BEY. — Il était chrétien !

AMÈSE. — Mon père, chrétien ! Ah ! je comprends maintenant pourquoi ma mère, avant d'expirer, prononça, en me bénissant, ces solennelles paroles qui resteront à jamais gravées dans mon cœur : « Enfant, que Dieu t'accorde de mourir dans la religion de ton père et de ta mère ! »

SCANDER-BEY. — Oui, car ta mère aussi mourait chrétienne.

AMÈSE. — Mon père et ma mère sont morts chrétiens ! Et moi je pourrais encore offrir mes vœux à Mahomet ! (*Se levant.*) Non, non, ô mon père, ô ma mère, désormais votre Dieu sera pour toujours mon seul et unique Dieu !

SCANDER-BEY. — Oui, mon enfant, car toi aussi tu es chrétien ; ta mère, à ta naissance, trompant la vigilance de nos tyrans, te fit secrètement baptiser en ma présence.

AMÈSE. — Je suis chrétien ! Et je n'ai jamais adressé une prière au Christ ! Je suis chrétien, et je ne le savais pas... Ah ! pourquoi me l'avoir caché !

SCANDER-BEY. — Tu te serais trahi.

AMÈSE. — J'aurais été martyr, comme mon père !

SCANDER-BEY. — Tu devais être roi. Enfant, quand ta mère mourante brisait mon cœur de son dernier regard, je lui fis, sur le Christ, le serment que je répète ici devant toi et devant eux : « Je jure d'aimer votre enfant comme mon fils, de le protéger contre tous ses ennemis, et de consacrer toute ma vie à lui regagner le trône de ses pères. » Enfant, ce trône est celui d'Albanie. Depuis douze ans, j'ai concentré sur toi mon amour. Depuis douze ans tu m'as servi de dieu en ce monde. C'est pour toi que j'ai renié le mien, et courbé

a....

ma tête au nom de Mahomet. C'est pour toi que j'ai bravé tant de
dangers, et obtenu tant de triomphes. Partout ton image s'associait à
ma pensée, et j'ai voulu, en t'élevant ensuite au-dessus de moi, te
faire grand de toute ma grandeur. O enfant, dont la voix si douce
va si bien à mon âme, laisse-moi te presser sur mon cœur, et couvrir
ton front de mes baisers. (*Il le baise au front. Le regardant avec
amour.*) Quand tu souris, tu ressembles à ma mère ; mon père avait
ton port et ton regard ; je vois en toi tout ce que j'aime, tu es pour
moi plus qu'un fils : je te salue, mon roi ! (*Il s'agenouille et baise les
mains d'Amèse.*)

AMÈSE, *se jetant à son cou.* — Mon oncle ! mon père !

MOSÈS, *avec un calme forcé.* — Roi ! il ne l'est pas encore.

SCANDER-BEY, *se relevant.* — Demain, il le sera.

MOSÈS. — Et comment ?

SCANDER-BEY. — Demain, Hunyade sera vaincu.

MOSÈS. — La défaite d'Hunyade n'est point une royauté conquise.
(*Scander-Bey va prendre un petit coffret sur sa table, l'ouvre, en sort un
papier scellé, et remet le coffret sur la table. Pendant ce temps Mosès dit,
à part :*) Ah ! il était là.

SCANDER-BEY. — Regarde ce papier ; il porte le sceau du Sultan.
Or, sais-tu ce qu'il renferme écrit ?

MOSÈS. — Vous ne me l'avez point dit encore.

SCANDER-BEY. Le serment que m'a fait Amurath de donner à ce
cher enfant le trône de ses pères, si j'avais le bonheur de vaincre
Hunyade.

MOSÈS. — Les hasards de la guerre sont bien grands !

SCANDER-BEY. — Les hasards ! je ne leur ai rien laissé : voilà trois
mois qu'enchaînant mon courage et celui de mes soldats, je refuse
la bataille pour mieux assurer la victoire. Aujourd'hui les Hongrois
sont exténués de fatigue et de faim : demain ils ne sauront que
mourir.

MOSÈS. — Mais vous pouvez y être tué vous-même.

SCANDER-BEY. — Oui, c'est ce que je crains, car je me battrai
comme un lion, et je ne veux pas que le bonheur d'Amèse et l'a-
venir de ma patrie soient ensevelis dans mon propre triomphe.

MOSÈS, *à part.* — Oh ! qu'il me le confie !

SCANDER-BEY. — C'est pourquoi je veux le remettre entre les
mains d'un ami sûr et dévoué.

MOSÈS. — Oui, mon prince, donnez-le-moi, je jure de le bien garder.

SCANDER-BEY. — A toi ! mais aurais-tu peur ? Oserais-tu rester
oisif, ici, avec cet enfant, pendant que moi j'irai seul tailler de mon
épée les degrés de son trône ? Ta place, Mosès, est à mes côtés, s'il
est vrai que le sang des Castriot coule encore dans tes veines.

MOSÈS, *avec déception.* — Moi !

SCANDER-BEY, *à Tamise.* — C'est Tamise que j'ai choisi. (*Pous-
sant Amèse dans ses bras.*) A toi de veiller sur mon cher Amèse. (*Lui
donnant il le parchemin.*) A toi de lui conserver ce gage de sa couronne.

TAMISE, *pleurant d'émotion.* — O mon maître !

SCANDER-BEY. — Je connais ton dévouement.

TAMISE, *serrant l'enfant et le parchemin sur son cœur.* — Pour les arracher de mes bras, il n'y a que vous et Dieu !

SCANDER-BEY. — Bien ; et maintenant remets le papier dans le coffret, je veux le garder moi-même jusqu'au dernier moment. (*Tamise obéit et sort.*)

MOSÈS, *à part.* — A moi maintenant de m'en emparer.

SCANDER-BEY, *à Amèse, qu'il approche de son cœur en se rasseyant.* — Et toi, cher enfant, pourquoi paraître ainsi rêveur ?

AMÈSE. — Je suis chrétien !

SCANDER-BEY. — Oui, mais jusqu'à l'entier accomplissement de tes destinées, garde-toi de manifester devant personne, ni même en ma présence, aucun signe de piété.

AMÈSE. — Cependant, cher oncle, que j'aimerais à être martyr !

SCANDER-BEY. — Dieu te destine à porter la couronne.

TAMISE, *rentrant.* — Général, un religieux du camp des chrétiens demande une audience secrète.

SCANDER-BEY. — Je la lui refuse. (*Tamise sort. — A part.*) Le religieux vient, sans doute, au nom d'Hunyade, m'offrir une capitulation, et il n'en est point d'autre pour eux que celle de la mort. (*Haut.*) Mais j'ai besoin de prendre quelque repos : voilà près de trente heures que je n'ai dormi. Je me sens accablé de sommeil et de fatigue, et cette nuit, je veux, moi-même, veiller encore à la sûreté du camp. Je crains que les Hongrois, s'inspirant de leur désespoir, ne veuillent profiter même des ténèbres pour se frayer un passage à travers mon armée. Laissez-moi reposer pendant une heure. Tu veilleras, Mosès, à ce qu'on ne vienne point interrompre mon sommeil.

MOSÈS. — Bien, Seigneur. (*Il sort à droite.*)

AMÈSE. — Bon repos, cher oncle. (*Il sort à gauche.*)

SCANDER-BEY. — Va, et tu diras à Tamise de venir aussitôt qu'il entendra sonner mon réveil.

AMÈSE. — Mais vous ne m'avez pas embrassé. (*Scander-Bey le baise au front. Amèse sort radieux.*)

SCÈNE V

SCANDER-BEY, puis MOSÈS.

SCANDER-BEY, *seul, s'étendant sur son sofa.* — Autrefois, avant de m'endormir, ma mère me faisait dire une prière ; elle commençait, je crois, par ces mots : « Doux Jésus, soyez-moi Jésus !... » Mais c'est une prière chrétienne et je ne suis plus chrétien. Oh ! que la gloire coûte cher !... Je ne sais pourquoi, je suis rempli d'appréhensions... me serais-je trompé ?.. Non, ni Mosès ni Tamise ne peuvent être des traîtres... N'importe, ne laissons pas le précieux parchemin dans le même coffret. (*Il se lève et le prend.*) Plaçons-le dans cet autre, ici, près de ma tête. (*Il place la clepsydre sur le coffret, il se recouche et s'endort. — Silence.*)

MOSÈS, *entrant doucement et écoutant, s'avançant et regardant Scander-Bey.* — J'hésite, je sens que j'ai peur, et tout mon être tremble...

Quel est ce secret effroi ?... Serait-ce la voix muette et terrible de
l'invisible Dieu que m'apprit à craindre ma mère ?... Ma mère ! Ah !
si elle était là, quel serait son langage ?... « Cœur ingrat, me dirait-
elle, en me montrant mon cousin Scander-Bey, pour lequel de ses
bienfaits veux-tu l'assassiner ?... » Oui, combattons mes pensées ambi-
tieuses ; fuyons, il en est temps encore. (*Le regardant.*) Comme son
sommeil est paisible ! Comme il paraît heureux! Ah ! je ne le suis
pas, moi qui le contemple!... Son front est calme et serein... le
mien est sillonné d'orages; mon sommeil, à moi, n'est qu'une fièvre
ardente ; mes rêves sont peuplés de fantômes que je vois s'élever de
l'abîme. tandis que lui voit peut-être des anges lui apporter des
cieux des palmes immortelles...

Tout lui réussit, le ciel l'a comblé de ses biens, tandis que moi,
je n'ai en partage que l'envie et ses hideuses fureurs. Eh bien ! je
m'y livre avec délices. Sortez de mon cœur, idées de Dieu et de ma
mère. Eteignez-vous, feux du remords; laissez-moi me livrer à ma
rage, laissez-moi franchir ces deux cadavres, l'un d'un enfant, l'autre
d'un homme : du sang, puis du sang, mais un trône... à moi donc
cet écrit qui doit tout me livrer. (*Il s'approche de la table, ouvre le
coffret, recule frappé de stupeur.*) Qui l'a pris? (*Regardant Scander-Bey.*)
Lui, sans doute... Où l'a-t-il caché ? Comment le savoir ?... Appelons
le Sultan. (*Il sort à droite. La scène reste vide un instant.*)

SCÈNE VI

SCANDER-BEY, *endormi*, AMURATH, MOSÈS, *entrant avec
précaution.*

AMURATH. — Avançons doucement.

MOSÈS. — Son sommeil est profond.

AMURATH. — Et tu dis ?

MOSÈS. — Qu'il l'a sans doute caché sur sa poitrine.

AMURATH. — Il faut l'avoir à tout prix : il doit mourir avant ce
soir ; il n'aura pas la gloire de vaincre Hunyade.

MOSÈS, *tirant un poignard et le plaçant sur le cœur de son cousin.* —
Alors vous m'aprouvez ?

AMURATH. — Non, je veux lui ravir plus que la vie.

MOSÈS. — Que faire donc ?

AMURATH, *tirant un flacon de sa poche.* — Tiens, fais-lui respirer ce
poison. (*Mosès obéit.*) Assez; et maintenant prenons nos masques,
afin que si nous sommes surpris nous ne soyons pas reconnus. (*Ils
prennent leurs masques.*) Vois, comme il entre en délire... il va se
lever sur son séant, et sans nous reconnaître, il va nous raconter
tout ce qu'il a fait. Viens ici. (*Ils se placent vers la table. Scander-Bey
se lève lentement, les yeux hagards; il se croit à Andrinople.*)

SCANDER-BEY, *somnambule.* — Oh ! merci, grand Amurath ! Cher
Amèse, j'ai son serment écrit, tu seras roi des Albanais.

AMURATH, *contrefaisant sa voix.* — Et ce serment, où l'as-tu caché ?

SCANDER-BEY, *effaré.* — Un tigre! (*Il recule, heurte Mosès, se re-
tourne et le désigne*) Un serpent !

AMURATH, *insistant avec force.* — Qu'as-tu fait du serment d'A-murath ? Esclave, obéis à ton maitre ; donne-moi cet écrit.

SCANDER-BEY *résiste par instinct, et veut refuser.*

AMURATH. — Obéis ! (*Scander-Bey lutte en vain, il tombe sur le ca-napé, les bras étendus et renversé la clepsydre qui sonne.*)

SCANDER-BEY *s'écrie.* — Je suis enchaîné !

MOSÉS, *à Amurath.* — Retirons-nous, Tamise va venir. (*Tous deux sortent rapidement à droite.*)

SCANDER-BEY, *se levant et les suivant les bras étendus.* — Amèse ! Amèse ! ils vont te dévorer.

SCÈNE VII

SCANDER-BEY, AMÈSE, TAMISE.

AMÈSE, *l'entourant de ses bras.* — Mon cher oncle, d'où vous vient cet effroi ?

TAMISE. — Ciel ! comme ses yeux sont égarés !

SCANDER-BEY, *serrant Amèse vivement.* — Oh ! prends garde ! Ils sont là !

AMÈSE. — Calmez-vous, mon oncle.

SCANDER-BEY. — Je les ai vus. Ils sont deux : un tigre et un serpent.

TAMISE, *à Amèse.* — C'est l'effet d'une extrême fatigue et de ses longues veilles.

AMÈSE, *le reconduisant sur le canapé.* — Mon oncle, reposez-vous encore, voilà que je vais rester et dormir auprès de vous.

SCANDER-BEY. — Oui, reste, mon enfant ; ta voix si douce apaise mes esprits. Oh ! parle, parle encore.

AMÈSE. — Eh bien ! puisque ma voix lui fait plaisir, je vais essayer de chanter :

(Air de la romance : *Tombé du nid.*)

Ange gardien de mon enfance,
Toi qui veillas sur mon berceau,
Tu m'as laissé, seul sans défense
Et sans appui, faible arbrisseau ;
Mais lorsqu'un jour, ouvrant son aile,
Vers Dieu ton âme s'envola,
Je t'ai juré d'être fidèle,
Et mon serment est toujours là.
    O ma douce mère,
    Toi que je révère,
    Je veux garder ta foi :
    Du haut du ciel protège-moi !

SCANDER-BEY *se lève, s'agenouille, joint les mains et écoute avec effroi.*

TAMISE, *bas.* — Oh ! que se passe-t-il en lui ?...

AMÈSE, *de même.* — Il faut l'éveiller ! ..

TAMISE, *de même.* — Non, écoute...

SCANDER-BEY. — O ma mère, pardon !...

a......

SCÈNE VIII

LES PRÉCÉDENTS, MOSÈS.

Mosès. — Eh bien ! qu'a donc Scander-Bey, est-il indisposé ?

Tamise. — Silence !

Scander-Bey, *repoussant une malédiction.* — Arrêtez,... mon père...,
j'obéirai... (*Il s'éveille.*)

Amèse. — Vous souffrez, mon oncle!

Scander-Bey. — Où suis-je?... Ah ! c'est vous. Quels songes
terribles je viens d'avoir !...

Mosès. — Pourrait-on en connaître l'objet ?

Scander-Bey. — Oh ! mes amis, asseyez-vous. Jamais mon âme
n'a été si troublée. J'ai vu d'abord un tigre et un serpent pénétrer
dans ma tente, puis un ange est venu, qui les a chassés, et cet ange
chantait, et mon âme ravie s'est trouvée transportée dans le ciel.
Tout à coup m'est apparue ma mère ; son regard était courroucé et
des larmes ruisselaient sur son visage. « Malheureux fils ! me dit-elle,
qu'as-tu fait du signe de la Croix ? » Et moi, je lui demandais pardon.
Puis, mon père m'est aussi apparu, d'une main il tenait un religieux
vénérable qu'il me montrait de l'autre. «Renégat, me dit-il, pourquoi
repousses-tu cet homme ? Malheureux ! » Et ses deux bras s'étendaient
pour me maudire. Tremblant, je me jetai à ses pieds. « Obéis à cet
homme, me dit-il, ou sois maudit... »

Mosès. — Absurdes fantômes ! produits bizarres d'une imagina-
tion fatiguée ; la raison, voilà notre lumière et notre guide.

Scander-Bey. — Tu te trompes, Mosès, le foyer de la lumière
morale n'est point en nous. Combien d'événements secrets, combien
d'ennemis cachés nous ne pourrions connaître, si Dieu ne nous en
avertissait par des pressentiments ou des songes !

Mosès, *à part.* — M'aurait-il reconnu ?

Scander-Bey. — Non, Mosès, je ne puis m'y tromper, ce songe
est un avertissement du Ciel. Va donc, et amène-moi le religieux que
j'ai repoussé tout à l'heure.

Amèse. — Mon oncle, vous me pardonnerez, il n'est point parti.
J'ai eu pitié de sa douleur ; il est là, qui prie, dans ma tente.

Scander-Bey. — Va donc, et dis-lui qu'il vienne. (*Amèse sort.*)

Mosès. — Faut-il vous laisser seul avec lui ?

Scander-Bey. — Non, restez.

SCÈNE IX

LES PRÉCÉDENTS, JEAN DE CAPISTRAN, *conduit par* Amèse.

Scander-Bey, *à part.* — C'est lui !

Jean. — Dieu te garde, illustre Pacha !

Scander-Bey. — Au nom de qui venez-vous me parler ?

Jean. — Au nom du Dieu qui t'a fait chrétien.

Scander-Bey. — Chrétien ! je ne le suis plus.

JEAN. — Le sceau de ton baptême est apposé sur ton âme pour l'éternité !

SCANDER-BEY. — Qui êtes-vous, vieillard ?

JEAN. — Jean de Capistran, religieux franciscain, et légat du Pape dans l'armée des Hongrois.

SCANDER-BEY. — Que désirez-vous?

JEAN. — Le salut de l'Eglise et du monde : la vie des Hongrois et des Albanais.

SCANDER-BEY. — Des Albanais !

JEAN. — Prince, j'arrive de Croïa.

SCANDER-BEY. — Eh bien !

JEAN. — Ton peuple est esclave.

SCANDER-BEY. — Je le sais.

JEAN. — On le place à toute heure entre l'apostasie et la mort.

SCANDER-BEY. — Je le sais.

JEAN. — Oui, mais il est une chose que tu ignores.

SCANDER-BEY. — Laquelle ?

JEAN. — L'Evêque et tous les principaux seigneurs sont dans les fers ; demain ils seront égorgés.

SCANDER-BEY. — Pourquoi ?

JEAN. — Séduits par tes lettres flatteuses, ils voulaient délivrer leur patrie, tandis que toi, descendant des Castriots...

SCANDER-BEY. — Assez, je vais les sauver.

JEAN. — Oui, sauve l'Albanie et protège l'Eglise.

SCANDER-BEY. — Retournez donc vers Hunyade, et dites-lui que demain aura lieu la bataille.

JEAN. — Que dites-vous, malheureux prince ?

SCANDER-BEY. — Qu'il faut qu'Hunyade périsse ; le salut de ma patrie est à ce prix.

JEAN. — Tu es trompé, Georges Castriot.

SCANDER-BEY. — Je connais le Sultan.

JEAN. — Je le connais aussi.

SCANDER-BEY. — Eh bien !

JEAN. — Hier, il était à Croïa.

SCANDER-BEY. — Le Sultan?

JEAN. — Je l'ai vu avec Musache, son secrétaire ; tous deux étaient déguisés en simples soldats. Deux fois j'ai traité avec eux à Andrinople, je les connais.

SCANDER-BEY. — Et que disaient-ils ?

JEAN. — Que jamais un Castriot ne régnerait à Croïa.

SCANDER-BEY. — Amurath m'en a fait le serment. (*Il montre l'écrit.*)

JEAN. — Il en a bien fait d'autres qu'il n'a jamais tenus.

SCANDER-BEY. — Mais je dois tenir ceux que je lui ai faits.

JEAN. — Tes serments à Amurath ! Mais pouvais-tu lui en faire ? Toi, chrétien, n'es-tu pas à Dieu avant d'être au Sultan ? Quels droits a le Sultan de détruire l'Eglise, de ravager et d'asservir l'Europe ?

SCANDER-BEY. — Mais l'histoire flétrirait mon action.

JEAN. — L'histoire te nommera le libérateur de ton pays, le vainqueur d'un tyran et le sauveur du monde qu'Amurath veut faire esclave.

SCANDER-BEY. — En vain cherchez-vous à m'ébranler. Vieillard, j'admire votre éloquence, mais ma résolution est invincible ; retirez-vous.

JEAN. — O Georges ! souviens-toi de ta mère... Ta mère était chrétienne ; souviens-toi de tes frères, que le Sultan a fait périr parce qu'ils étaient chrétiens.

SCANDER-BEY. — Assez, je vous l'ordonne.

AMÈSE. — O mon bon oncle, laissez-vous attendrir. (*Il se jette à genoux.*)

SCANDER-BEY. — Enfant ! relève-toi. J'en ai fait le serment, tu seras roi d'Albanie.

AMÈSE, *à part.* — Oui, je sens que Dieu m'inspire. (*Il court au coffret, l'ouvre, prend l'acte et le déchire.*) Ainsi soient anéantis tous les ennemis du nom chrétien !

SCANDER-BEY. — Malheureux, qu'as-tu fait ?

AMÈSE. — Comment pourrais-je recevoir une couronne de la main qui a assassiné mon père ! (*Scander-Bey reste muet. Silence.*)

JEAN. — Georges, imite ce noble enfant, renonce, toi aussi, à la gloire du Croissant pour l'ignominie de la Croix.

SCANDER-BEY. — Je ne puis.

JEAN. — O ciel, est-ce possible ! Quoi donc, demain, ô Scander-Bey, tu vas frapper de ton cimeterre le dernier défenseur de l'Église ! Demain va tomber le dernier rempart de Rome ! et le Sultan pourra tenir sa menace impie. Le Croissant remplacera la Croix qui domine nos temples, et les chevaux d'Amurath mangeront et dormiront dans l'enceinte et sous la coupole de Saint-Pierre !... (*Se jetant à genoux.*) Au nom du Dieu des armées, au nom du Souverain-Pontife, au nom de tous les chrétiens du monde, au nom de tes frères immolés pour la foi, au nom de ta pieuse mère, fais grâce à Hunyade, à Corvin et à son armée. (*Scander-Bey reste silencieux.*)

AMÈSE, *à genoux.* — Grâce, mon oncle !

TAMISE, *à genoux.* — Scander-Bey, souvenez-vous de votre père, sauvez les chrétiens.

SCANDER-BEY, *ému.* — Mon père ! Oh ! oui, je m'en souviens.

JEAN. — Vous consentez à les sauver ?

SCANDER-BEY. — Allez chercher Hunyade et d'Aubusson pour conclure un traité honorable.

JEAN. — Quelles sûretés, Seigneur ?

SCANDER-BEY. — C'est juste. Mosès, et toi aussi, fidèle Tamise, suivez ce vieillard dans l'armée chrétienne pour y servir d'otages.

TAMISE. — Je vais chercher mon armure. (*Amèse le suit, Jean et Scander-Bey se parlent bas.*)

MOSÈS, *à part.* — O fatale décision ! Vite deux mots à Amurath. (*Il écrit :*) « Prince, vous êtes trahi ; Scander-Bey traite avec les chrétiens, je vais en otage dans leur camp ; gardez le jeune Amèse, et forcez-le d'avouer que Scander-Bey lui-même en a fait un chrétien. »

(*Il cachette rapidement.*) S'il arrive quelque autre événement extraordinaire, je l'en instruirai du camp des Hongrois. Mais qui lui portera cette missive? (*Apercevant Amèse, qui rentre.*) Amèse lui-même. (*Avec une feinte douceur.*) Enfant, cours vite à ma tente, porte ce billet au soldat qui m'y attend.

AMÈSE. — J'y consens, mon bien-aimé cousin. (*Il sort.*)

MOSÈS, *à part.* — Tu n'en reviendras pas.

TAMISE, *rentrant.* — Je suis prêt.

SCANDER-BEY. — Partez, hâtez-vous.

JEAN. — Hunyade et d'Aubusson m'attendent à quelques minutes du camp; bientôt nous serons ici. (*Ils sortent.*)

SCANDER-BEY. — Rédigeons le traité. (*Il s'assied et écrit.*) Nous nous engageons à rendre au Sultan la Serbie et tous les pays conquis en-deçà du Danube; de plus, nous lui jurons une trêve de cinq ans. (*Il se lève*).

SCÈNE X

SCANDER-BEY, UN SOLDAT, LE VIEILLARD, L'ENFANT.

UN SOLDAT. — Seigneur, un vieillard infirme, conduit par un enfant, demande à vous parler.

SCANDER-BEY. — Qu'il entre (*Le soldat se retire.* — *A part.*) L'aumône porte bonheur.

LE VIEILLARD *entre avec l'enfant.* — Seigneur, vous voyez devant vous un malheureux qui vient vous prier de lui rendre son fils, le soutien de ses jours et de ceux de cet enfant.

L'ENFANT. — Oui, Seigneur, rendez-moi mon père.

SCANDER-BEY, *au vieillard.* — Et qui est votre fils?

LE VIEILLARD. — C'est un soldat serbe que vous fîtes prisonnier, il y a un an.

SCANDER-BEY. — Mais il est l'esclave du secrétaire d'Amurath.

LE VIEILLARD. — J'avais vendu tous mes biens pour le racheter; hélas! des soldats turcs m'ont volé.

SCANDER-BEY. — Et qu'espérez-vous?

LE VIEILLARD. — Ah! vous êtes bon et j'espère que vous lui rendrez la liberté.

SCANDER-BEY. — Mais votre fils est à Constantinople.

LE VIEILLARD. — Hier, il était à Croïa avec son maître, et aujourd'hui il sera dans votre armée.

SCANDER-BEY. — Musache à Croïa! Le légat du Pape ne s'est donc point trompé!

LE VIEILLARD, *s'affaissant.* — Mon fils, soutiens-moi. (*Scander-Bey et l'enfant le soutiennent.*)

L'ENFANT. — Courage, mon père!

SCANDER-BEY. — Mon père aurait son âge!... Entrez ici, vieillard, et reposez-vous sur mon divan en attendant l'arrivée de votre fils. (*Il les fait entrer dans la dernière coulisse à droite.*) Musache dans mon armée! Amurath, toujours déguisé, est avec lui sans doute. Hâtons-nous de conclure le traité et de terminer la guerre.

SCÈNE XI

SCANDER-BEY, LE SOLDAT, HUNYADE, JEAN, D'AUBUSSON.

LE SOLDAT. — Voici les chefs des chrétiens. (*Il sort après les avoir introduits.*)

HUNYADE. — Illustre pacha Scander-Bey, les chrétiens viennent s'avouer vaincus.

SCANDER-BEY. — Je partage votre amère douleur, nobles chevaliers, la victoire ne nous est pas toujours fidèle.

D'AUBUSSON. — Aussi nous espérons la voir bientôt nous rendre ses faveurs.

SCANDER-BEY. — Elle vous en fit une grande, noble d'Aubusson, le jour où avec cent chevaliers seulement, vous taillâtes en pièces un corps de 1,800 Turcs; ce beau fait d'armes décida la victoire en faveur de l'empereur Sigismond.

HUNYADE. — Aujourd'hui, nous sommes vaincus sans avoir pu combattre.

JEAN. — Scander-Bey a horreur du sang chrétien.

HUNYADE. — Sa victoire l'honore : aussi, nous nous en remettons à sa loyauté et nous acceptons les conditions que vous nous avez fait connaître.

SCANDER-BEY. — Les voici rédigées, vous n'avez qu'à signer. (*Jean, Hunyade, d'Aubusson, signent tour à tour.*)

JEAN. — Je les accepte au nom du Pape.

HUNYADE. — Je les accepte au nom de la Hongrie.

D'AUBUSSON. — Je les accepte au nom du Grand-Maître des chevaliers de Rhodes.

SCANDER-BEY. — Je les accepte au nom du Sultan. (*Il va pour signer.*)

SCÈNE XII

LES PRÉCÉDENTS, AMURATH, MUSACHE, DEUX PACHAS, SOLDATS TURCS.

AMURATH, *paraissant*. — Et moi, je refuse.

TOUS, *se levant*. — Le Sultan !

AMURATH. — Lui-même. Point de paix aux chrétiens; la mort ou l'apostasie.

SCANDER-BEY. — L'armée chrétienne est forte de 40,000 hommes.

AMURATH. — La mienne de 80,000.

SCANDER-BEY. — La victoire n'est pas sûre.

AMURATH. — Trahison ! Je les aurais tous exterminés avec 20,000 hommes.

HUNYADE. — Fixe donc le jour de la bataille.

AMURATH. — Demain, vous deviendriez tous la proie des vers.

D'AUBUSSON. — Alors, permettez-nous de nous retirer.

AMURATH. — Non pas, vous êtes en mon pouvoir, je vous fais prisonniers. (*Il fait signe aux soldats, qui approchent.*)

HUNYADE et D'AUBUSSON, *tirant leurs épées.* — Lâcheté! Trahison!

SCANDER-BEY, *tirant son cimeterre.* — Arrière, soldats! (*A Amurath.*) Très puissant seigneur, ces deux chefs chrétiens sont venus ici sur ma parole; deux de mes parents sont en otage au camp des chrétiens.

AMURATH. — Et tu oses résister à ton maître!

SCANDER-BEY. — Libre à vous de refuser leur capitulation, mais mon nom a protégé leur entrée dans ma tente, mon bras, s'il le faut, favorisera leur sortie. (*Il fait signe aux chrétiens de se retirer et sort avec eux.*)

AMURATH, *outré de dépit, à ses gardes et à ses pachas.* — Et pas un de vous n'a osé punir ce téméraire, lâches que vous êtes!... (*Ils se taisent.*) Hé bien! je le punirai moi-même, le temps de ma vengeance approche. (*A Musache.*) A-t-on fait enivrer l'enfant?

MUSACHE. — Oui, Seigneur, et il dit tout haut qu'il est chrétien.

AMURATH. — Qu'on aille le chercher. (*Scander-Bey rentre.*)

SCÈNE XIII
SCANDER-BEY, AMURATH, LES PACHAS, GARDES.

AMURATH *à Scander-Bey.* — Je pensais que tu étais devenu chrétien et que demain tu combattrais dans leurs rangs.

SCANDER-BEY. — Plût à Dieu que je n'eusse jamais cessé de l'être!

AMURATH. — Alors tu désires le redevenir?... Il paraît que j'avais confié mon armée en de bonnes mains.

SCANDER-BEY. — Je n'ai jamais trompé votre confiance, et, si vous doutez de ma fidélité, reprenez mon cimeterre et rendez-moi ma liberté.

AMURATH. — J'accepte; gardes, prenez son cimeterre et son turban. (*Scander-Bey rend son cimeterre à Musache et donne son turban.*)

SCÈNE XIV
LES PRÉCÉDENTS, MUSACHE, AMÈSE.

AMÈSE, *poussé par Musache.* — Laissez-moi; je suis chrétien.

SCANDER-BEY. — Qu'entends-je?

AMURATH. — Et qui t'a fait chrétien?

AMÈSE. — Il suffit que Dieu le sache.

AMURATH. — Qu'on le frappe jusqu'à ce qu'il le déclare.

SCANDER-BEY. — Arrêtez! celui qui l'a fait chrétien, c'est moi.

AMURATH, *aux pachas et aux gardes.* — Vous l'avez entendu?

TOUS. — Il mérite la mort.

AMURATH. — Gardes, liez le traître à cette colonne.

SCANDER-BEY, *arrachant son cimeterre des mains de Musache.* — Par le Christ, je ne me laisserai point égorger comme une femme. (*Tous reculent épouvantés; il crie vers le dehors.*) A moi, mes guerriers!

AMURATH, *conduisant vivement l'enfant au milieu de la scène et plaçant un poignard sur sa poitrine.* Un mot encore, et cet enfant tombe mort à tes pieds.

SCANDER-BEY, *à part*. — Mosès et Hunyade peuvent encore le sauver. (*Jetant son cimeterre.*) Voici mes bras. (*Les gardes le lient à la colonne.*)

AMURATH, *examinant son cimeterre*. — Voici donc ce terrible cimeterre dont tu savais si bien te servir ; la trempe en est sans doute merveilleuse. (*S'approchant de Scander-Bey.*) Voyons si, d'un seul coup, il pourrait te trancher la tête. (*Il lève pour frapper.*)

AMÈSE *pousse un cri*. — Ah ! (*Il se précipite sur son oncle, qu'il tient embrassé. Scander-Bey reste impassible.*)

AMURATH, *baissant son cimeterre, à part*. — Non, je me rendrais odieux à l'armée. (*Haut.*) Ne crains rien : mon bras est trop noble pour toi, le bras qui te convient est celui d'un esclave. (*A deux gardes.*) Gardes, reconduisez cet enfant dans ma tente.

AMÈSE, *étreignant Scander-Bey*. — Mon cher oncle, on va nous séparer.

SCANDER-BEY, *l'embrassant*. — Adieu, cher enfant, sois fidèle à ton Dieu et prie pour ton oncle Georges.

AMÈSE, *entraîné*. — Adieu ! adieu !

AMURATH, *à quatre gardes*. — Deux soldats à l'entrée de la tente et deux à la sortie. Soyez vigilants : vos têtes répondent de la sienne. (*Les gardes saluent et se c'ivisent.*)

AMURATH, *à Scander-Bey*. — Demain, Scander-Bey, les chrétiens seront vaincus, et tu m'applaudiras de l'autre monde. (*Il sort.*)

SCÈNE XV
SCANDER-BEY, *seul*.

Dois-je mourir ? Ma destinée est-elle finie ? De honteuses chaînes et la mort, voilà donc toute la récompense de mes actions !... Est-ce là, ô Mahomet, le ciel qu'on m'avait promis ?... Et mon cœur s'est laissé séduire, et mon bras s'est dévoué au tyran de mon pays, à l'assassin de mes frères !... O cher Amèse, peut-être aussi va-t-il te faire mourir ! Cher enfant, s'il en est ainsi, tu seras martyr comme ton père, tu iras au ciel. Mais moi ? Ah ! malheureux... au moins, s'il m'était permis d'avoir un prêtre pour prononcer mon abjuration et recevoir le pardon de mes fautes !... Vain espoir ! Je vais mourir. Mais je me souviens... je porte sur moi l'image du Christ et celle de sa sainte Mère. Ce chapelet que ma mère m'a donné en me disant adieu ! ce scapulaire miraculeux qui sauve du danger ! Vierge puissante, si tu m'arraches à ce péril, je jure de n'avoir d'autre Dieu que ton Fils, et de consacrer mon épée à la défense de sa sainte cause. (*Silence.*)

SCÈNE XVI
SCANDER-BEY, UN ESCLAVE SERBE.
l'Esclave serbe entre, s'approche et lève son cimeterre sur Scander-Bey.

SCANDER-BEY. — Malheureux ! oserais-tu tuer Scander-Bey?

L'ESCLAVE, *saisi d'effroi, laisse tomber son cimeterre*. — Scander-Bey ! oh ! fuyons ! (*Il s'enfuit.*)

SCÈNE XVII
SCANDER-BEY, LE VIEILLARD, L'ENFANT.

LE VIEILLARD, *étendant les bras.* — Mon fils, mon fils, j'ai entendu ta voix.

L'ENFANT. — Mon père, où êtes-vous ?

LE VIEILLARD. — Hélas ! ce n'était qu'une illusion.

SCANDER-BEY. — Vieillard.

LE VIEILLARD. — Qui entends-je ?... Quoi ! vous, seigneur, en cet état !

SCANDER-BEY. — Hâtez-vous ; Dieu vous envoie ; détachez mes liens. (*Le vieillard obéit.*) Merci, ô mon Dieu. Oh ! je suis tout à vous. (*S'armant de son cimeterre.*) Doublez ma force, et dirigez mon bras. (*Il regarde à droite.*) Les deux gardes conversent ensemble ; il faut que mon cimeterre ait glacé leurs langues avant qu'elles aient pu articuler un son. (*L'enfant et le vieillard le regardent agir ; l'enfant pousse un faible cri, tandis que Scander-Bey a disparu dans la coulisse.*)

LE VIEILLARD. — Comme d'un seul coup leurs têtes ont été abattues.

SCANDER-BEY, *rentrant.* — Oh ! Amèse, pourrai-je revenir assez tôt pour te sauver !... Suivez-moi, vieillard, au camp des chrétiens ; demain je vous rendrai votre fils. (*Ils sortent.*)

SCÈNE XVIII
DEUX ESCLAVES, *entrant du côté opposé.*

1er ESCLAVE. — Il s'est enfui !

2e ESCLAVE. — Que faire ?

1er ESCLAVE, *cherchant.* — Vois, les gardes sont massacrés.

2e ESCLAVE. — Alors nous sommes libres.

1er ESCLAVE. — Comment ?

2e ESCLAVE. — Le Pacha nous a demandé le bras droit du coupable, prenons celui de l'un de ces cadavres. Rentrons ces deux corps dans la tente ; une fois libres, nous nous hâterons de sortir du camp avant le jour. (*Ils sortent pour exécuter leur dessein.*)

(*La toile tombe.*)

ACTE TROISIÈME

La tente d'Amurath devant Croïa. — Riches tentures, étendards, panoplies. — Canapés à droite et à gauche. — Une table avec un plateau garni de pâtisseries, flacons, verres. Au milieu, vers le fond, une colonne légère et ornée, soutenant la toiture de la tente.

SCÈNE I
AMÈSE, *seul.*

Non, je ne puis manger... Mon Dieu, si je pouvais m'enfuir de la tente d'Amurath ! mais j'y suis gardé à vue. O Dieu, viens me prendre et me réunir à mon oncle. Les cruels ! ils m'ont arraché d'entre ses bras. Peut-être l'ont-ils déjà tué !... si j'avais pu mourir avec lui, nous serions tous deux au ciel avec mon père et ma mère. O mon père, ô ma mère, hâtez-vous de venir me chercher. Ici je suis entouré de méchants.

SCÈNE II

AMÈSE, JONIME.

AMÈSE, *continuant.* — Ah ! que dis-je ? Il en est un accessible à la pitié. (*Allant prendre Jonime par la main.*) Vous êtes bon, Jonime ; vous qui avez adouci pour moi les ordres barbares de Musache, et m'avez traité avec moins de rigueur qu'on ne vous l'ordonnait, que puis-je pour vous récompenser ? (*Il lui donne son petit collier d'or.*) Tenez, voilà tout ce que je possède, je vous le donne.

JONIME, *lui prenant la main et refusant doucement.* — Cher enfant, merci.

AMÈSE. — Prenez-le pour l'amour de moi : il servira pour vous racheter.

JONIME, *le prenant.* — Enfant admirable, je vous devrai la liberté, et mon vieux père et mon enfant vous devront leur bonheur. Oh ! merci ! merci !

AMÈSE. — Mais dis-moi, Jonime, sais-tu ce qu'est devenu Scander-Bey ?

JONIME. — Hélas ! cher enfant, le Sultan a juré sa mort. J'avais été chargé moi-même de lui porter le coup fatal, mais au moment de le frapper, j'ai senti mon cœur faiblir.

AMÈSE. — Il vit encore ! O Jonime, conduis-moi près de mon oncle.

JONIME. — Cher enfant, combien vous me faites pitié !

AMÈSE. — Du moins, fais-moi parler au Sultan ; je lui demanderai d'avoir avec mon oncle la même chaîne et la même prison.

JONIME. — Votre oncle n'est plus enchaîné.

AMÈSE. — Il est libre ?

JONIME. — Son âme est au ciel, où il vous attend.

AMÈSE. — Il est mort !

JONIME. — Deux esclaves farouches l'ont assassiné, et son bras droit a été porté au Sultan. Amurath a voulu tenir en sa main ce bras terrible, qui, hier, le faisait trembler.

AMÈSE. — Scander-Bey ! mon oncle ! ils l'ont tué !... Ah ! maintenant je puis mourir !... Qu'ai-je à faire sur la terre ?... Il ne me reste plus que Mosès et je n'en suis pas aimé.

JONIME. — Prince, il est dix heures du soir, il faut aller vous reposer.

AMÈSE. — Sois bon, Jonime ; tu me laisseras, n'est-ce pas, m'agenouiller près de ma couche ; j'ai besoin de prier pour mon oncle.

JONIME. — Hâtez-vous ; j'entends la voix du Sultan : (*Ils sortent.*)

SCÈNE III

AMURATH, MUSACHE, PACHAS, JANISSAIRES, ESCLAVES, puis JONIME.

AMURATH. — Eh bien! seigneurs Pachas, êtes-vous satisfaits?

MUSACHE. — Les Osmanlis pourront enfin relever la tête : il n'est plus, cet Albanais odieux qui faisait notre honte.

TOUS. — Vive le Sultan! Gloire à Mahomet!

AMURATH. — Amis, célébrons notre triomphe.

TOUS. — A la santé d'Amurath.

AMURATH. — Mahomet a défendu le vin.

MUSACHE. — Mais il nous a laissé le bouang et le pust.

AMURATH. — Alors, ordonnez les libations.

MUSACHE, *aux soldats.* — Esclaves, servez-nous la liqueur des festins. (*Amurath fume avec ses officiers. — Les esclaves servent la liqueur.*)

JONIME, *rentrant au fond.* — Le moment est propice. (*Il s'approche de Musache.*) Seigneur et maître, je viens vous demander ma liberté.

MUSACHE. — Ta liberté?

AMURATH, *levant sa coupe.* — Buvez, Messeigneurs, buvez!

TOUS. — Gloire au Sultan! (*Ils boivent.*)

JONIME, *à Musache.* — Seigneur, ayez pitié, non de moi, mais de mon vieux père et de mes enfants.

MUSACHE. — Et que donneras-tu pour ta rançon?

JONIME. — Ce collier d'or.

MUSACHE. — Et qui t'a donné ce bijou?

AMURATH, *aux seigneurs.* — Cet affranchissement vous intéresse? Buvons encore.

JONIME. — Ce bijou, c'est Amèse qui me l'a donné.

AMURATH. — Ah! voyons... (*S'animant à la vue d'une médaille et d'une croix.*) Mais cette image est celle de leur Vierge! mais cette croix est celle de leur Dieu! Un Dieu crucifié! idolâtré!... Dieu seul est grand et Mahomet est son prophète!

TOUS. — Vive Mahomet!

AMURATH. — Mort aux chrétiens!

TOUS. — Mort aux chrétiens!

AMURATH. — Esclave, ce collier est au jeune Amèse, dis-tu? Eh bien! va chercher ce jeune Grec, et nous verrons s'il osera reconnaître le Christ pour son Dieu.

JONIME, *à Musache.* — Mais, Seigneur...

MUSACHE. — Obéis, et estime-toi bien heureux qu'on te laisse la vie.

JONIME, *à part, sortant.* — Comment me sauver et sauver cet enfant?

AMURATH. — Qui aurait pu penser que Scander-Bey n'était qu'un traître?

MUSACHE. — Son cœur était trop lâche pour qu'il fût un croyant.

UN PACHA. — Il aspirait pourtant aux plus hautes dignités.

UN AUTRE. — On dit même qu'il ambitionnait le titre de sultan.

AMURATH, *riant.* — Le misérable! Ah! ah! mais buvez, messeigneurs, buvez! (*Tous rient aux éclats avec lui.*)

SCÈNE IV

LES PRÉCÉDENTS, JONIME.

JONIME, *rentrant vivement.* — Un transfuge venant du camp des chrétiens demande à parler au Sultan.

AMURATH. — Qu'il soit chargé de chaînes!

JONIME. — Il espère sa grâce et une grande récompense.

AMURATH. — La mort.

JONIME. — Les missives sont très importantes; les voici.

AMURATH. — En finiras-tu?

JONIME. — C'est Moses qui vous les envoie.

AMURATH, *les lui arrachant et les jetant sur la nappe.* — Donne; à demain les affaires sérieuses!

TOUS. — A demain! à demain! (*Ils boivent.*)

AMURATH. — Eh bien! ce jeune Grec n'est point encore ici?

JONIME. — Il est minuit; Amèse était endormi, mais le voici qui arrive.

SCÈNE V

LES PRÉCÉDENTS, AMÈSE, *conduit par deux gardes.*

AMÈSE. — O mon Dieu! que me veulent ces hommes?

AMURATH. — Approche, enfant, ne crains rien.

AMÈSE. — N'ayant rien à perdre, je n'ai rien à craindre.

MUSACHE. — Oh! oh! il répond comme un mufti.

AMURATH. — Reconnais-tu ce collier?

AMÈSE. — Oui, Monseigneur.

AMURATH. — Et qui te l'a donné?

AMÈSE. — Ce collier fut celui de ma mère : c'est le souvenir qu'elle m'a laissé.

AMURATH. — De qui est cette image?

AMÈSE. — Du Christ, mon Dieu!

AMURATH. — Renie le Christ ou tu seras mis à mort.

AMÈSE. — C'est pour ce même crime que vous fîtes empoisonner Reposki, mon père!

AMURATH. — Le prophète l'a dit : obéis ou la mort.

AMÈSE. — Le sceptre du prophète est un sceptre de fer; sa force est dans le glaive.

AMURATH. — Le sceptre de ton Christ est un faible roseau sans force ni vertu.

AMÈSE. — Vous vous trompez, seigneur; la force de Jésus est toute dans l'amour, et l'amour est plus fort que la mort.

AMURATH. — Les chrétiens sont armés cependant et se servent du glaive.

AMÈSE. — Les chrétiens se défendent pour sauver leur patrie, leur foi et leur liberté.

AMURATH. — Mais qui donc t'a appris à parler?

AMÈSE. — Le Dieu qui m'a créé et qu'adorait mon père.

AMURATH. — Ce Dieu, qui te l'a fait connaître?

AMÈSE. — Mon oncle, Scander-Bey.

AMURATH. — Ton oncle fut un traître!... Blasphème Jésus-Christ ou tu mourras comme ton oncle.

AMÈSE. — Hélas! je ne connais mon Dieu que depuis quelques heures, et déjà il me comble de biens! Ah! comment blasphémerais-je le Christ qui mourut pour moi!

AMURATH. — Misérable!

MUSACHE, bas. — Essayez de le prendre par l'ambition.

AMURATH. — Obéis à ton prince, et je te donnerai le trône de tes pères.

AMÈSE. — Tous les miens sont au ciel. (Il regarde le ciel.)

AMURATH. — Pourquoi regardes-tu le ciel?

AMÈSE. — J'y vois mon père siégeant sur un trône d'ivoire, ma mère est assise à ses côtés; tous deux sont resplendissants de lumière.

AMURATH. — Il est en délire.

AMÈSE. — Écoutez, ô prince de l'Asie! sectateurs du Croissant, écoutez... L'avenir m'apparaît dans une vision: le pouvoir sur les chrétiens vous est donné pour un temps à cause de leurs crimes et de leurs hérésies, mais voici venir du Nord un terrible géant; il va vous étreindre de ses mains puissantes; son pied pèsera sur votre tête et vous n'échapperez à ses étreintes et à la mort qu'en jetant un grand cri du côté de l'Occident. Alors, des pays des Francs viendront vers vous des vaisseaux dominés par la Croix, au pied de laquelle le Croissant viendra s'abriter et s'éteindre, car la Croix est le salut du monde!...

MUSACHE. — Il parle en insensé.

TOUS. — Il blasphème le Croissant.

AMURATH. — Assez; reconnais Mahomet ou meurs.

AMÈSE. — Maudit soit le Prophète qui fut maudit de Dieu!

AMURATH, se levant. — Sacrilège!

TOUS. — Qu'il meure!

AMÈSE. — O ma mère, je vais donc te revoir!

AMURATH. — Gardes, liez-le à cette colonne et apportez-moi mes flèches; je veux moi-même lui percer le cœur et l'immoler aux mânes du Prophète qu'il a outragé.

AMÈSE, chantant (mélodie extraite de Jérusalem, de Verdi :)

Viens donc me faire entendre
Ta voix, ta voix si tendre,
Ma mère, ah! viens me rendre
     Mon rêve d'espoir!
Mère, vers qui s'élance
     Mon cœur chaque soir,
Mère, abrège ma souffrance:
Au ciel, bientôt, bientôt j'irai te voir,
     Abrège ma souffrance,
     Au ciel bientôt j'irai te voir
     J'irai bientôt (bis) te voir.

O ma mère, vers qui s'élance
Mon cœur chaque soir,
Abrège ma souffrance,
Au ciel bientôt j'irai te voir.

(*Pendant le chant, Amurath s'endort sur son siège.*)

JONIME, *bas, l'attachant.* — Enfant, qu'il m'est pénible !

AMÈSE, *de même.* — Oh ! Jonime, fais-toi chrétien !

JONIME, *bas.* — Je le suis; silence ! je me dois à mon père.

AMÈSE. — Alors, embrasse-moi et prends soin de mon corps.

AMURATH, *s'éveillant.* — Eh bien ! messeigneurs, vous ne buvez donc plus ?

MUSACHE. — Achevons de vider nos coupes. (*Ils boivent.*)

AMURATH. — Eh bien ! où sont mes flèches ?

MUSACHE. — Seigneur, oserais-je vous exprimer un désir ?

AMURATH. — Parle.

MUSACHE. — Il se fait tard, le jour commence à poindre, ce jour doit être le dernier des chrétiens hongrois. Ce soir, nous irons nous reposer à Croïa, dans la capitale de l'Albanie. J'oserais prier mon Sultan d'y faire conduire le jeune Castriot, de le faire asseoir au milieu de la place publique, sur le trône de ses pères, et là de le percer de ses flèches, pour montrer à tous les Albanais comment on traitera les chrétiens.

AMURATH. — C'est vraiment Mahomet qui t'inspire; c'est cela, j'accomplirai ainsi le serment que je fis à Scander-Bey, de faire asseoir son neveu sur le trône de ses ancêtres.

TOUS. — Bravo! bravo!

AMURATH. — Maintenant, messeigneurs, retirez-vous dans vos tentes ; je sens ma tête appesantie, j'ai besoin de repos. (*A Musache.*) Toi, Musache, je te charge de faire conduire immédiatement le jeune Castriot dans sa capitale.

MUSACHE. (*On délie Amèse.*) — Il y sera conduit sous bonne escorte.

AMURATH. — Un mot; es-tu bien assuré qu'on a tué Scander Bey ?

MUSACHE. — Oui, Prince, et j'ai reçu son bras.

AMURATH. — C'est bien; laisse-moi seul. (*Tous sortent.*)

SCÈNE VI

AMURATH, *seul.*

(*Otant son turban couronné.*) Cette couronne est bien lourde ! (*S'étendant sur un sofa.*) Ou plutôt c'est moi qui deviens faible; mais un peu de repos va me rendre mes forces. Scander-Bey est mort, je puis dormir en paix. (*Il s'endort. — Silence. — Bruit lointain; cris étouffés. Le jour paraît; cris plus rapprochés; on entend : (Trahison ! aux armes !) Amurath s'éveillant : Qu'y a-t-il ?.. Pourquoi ces cris?... (Cris : Aux armes ! plus rapprochés.)*)

SCÈNE VII

AMURATH, MUSACHE.

MUSACHE, *accourant.* — Prince, le camp est attaqué; voici les chrétiens!

AMURATH. — Cours éveiller les Pachas, fais sonner de la trompette. (*Musache sort.*) Malédiction!... je m'en souviens!... Cette lettre de Mosès... où est-elle? Qu'en ai-je fait? (*Se ressouvenant.*) Oh! là... là, sous la nappe. (*Il la prend, l'ouvre et lit.*) « Scander-Bey s'est échappé! » Scander-Bey vivant! Ah! Musache, tu m'as dit que tu avais vu son bras droit et qu'il était mort! Trahison! trahison! (*Lisant.*) « Demain, avant l'aurore, il attaquera le camp, il a déjà le dessein de sauver le jeune Amèse, de s'emparer de Musache, de le contraindre à lui donner un firman qui le nomme gouverneur de Croïa, afin qu'une fois maître de la capitale, il y fasse couronner son neveu et soulève l'Albanie. » Trahison! trahison! Où est Musache? Ah! le voici qui revient. (*Riant.*) Ah! ah! Scander-Bey, si tu triomphes en ce jour, je mourrai content, mais tu n'accompliras point ton projet.

MUSACHE, *accourant.* — Sauvez-vous, Seigneur, voici Scander-Bey.

AMURATH, *tirant son cimeterre.* — Ah! traître, Scander-Bey est vivant! Hé bien! sauve-toi toi-même. (*Levant son arme.*) Meurs, misérable!

MUSACHE *pare le premier coup, se jette à genoux et crie.* — Grâce!

AMURATH. — Point de grâce au traître. (*Il relève son cimeterre.*)

SCÈNE VIII

AMURATH, MUSACHE, SCANDER-BEY, TAMISE.

AMURATH *frappe... le coup est détourné par Scander-Bey.* Ah! (*Amurath recule atterré. Tamise désarme Musache et le fait prisonnier.*)

SCANDER-BEY *désarme le Sultan.* — Rendez-moi vos armes, je vous fais prisonnier.

AMURATH, *à part.* — Mieux vaut se rendre; la fortune pourra me revenir. (*Il donne son cimeterre.*)

SCANDER-BEY, *à Tamise.* — Veille sur l'auguste prisonnier, nous en aurons besoin.

TAMISE. — Comptez sur moi. (*Il le conduit à droite.*)

SCANDER-BEY. — Maintenant, Musache, à nous deux : viens t'asseoir à cette table.

MUSACHE *s'assied.* — Qu'exigez-vous de moi?

SCANDER-BEY. — Un firman qui me nomme gouverneur de Croïa.

MUSACHE. — Mais, Seigneur...

SCANDER-BEY. — As-tu donc des scrupules? (*Tirant son poignard et le plaçant sur la poitrine de Musache.*) Voilà de quoi les faire disparaître. Obéis, ou meurs.

MUSACHE. — J'obéis, Seigneur.

SCÈNE IX

LES PRÉCÉDENTS, MOSÈS, puis TAMISE, JONIME.

MOSÈS, *entrant furtivement*. — Les Turcs sont en fuite! Trouverai-je encore Amurath? (*Apercevant Scander-Bey*.) Scander-Bey! déjà ici! Tout est perdu! Non! une lettre au Gouverneur de Croïa. (*Il sort inaperçu*.)

SCANDER-BEY, *à Musache*. — Bien, hâte-toi, mets le sceau du Sultan.

MUSACHE *appose le sceau*. — Voici, Seigneur. (*Il donne le firman*.)

SCANDER-BEY. — Et maintenant dis-moi, qu'a-t-on fait du jeune Amèse? Où est-il? (*Tamise rentre*.)

MUSACHE. — A Croïa.

SCANDER-BEY. — A Croïa?

MUSACHE. — Amurath l'y a fait conduire pour être immolé sur la place publique.

SCANDER-BEY. — O Dieu! retardez son supplice! (*Il tombe affaissé sur un divan*.)

TAMISE, *qui est allé voir au fond*. — Eh bien! les chrétiens fuiraient-ils? Je vois le mouvement venir de ce côté.

JONIME, *entrant*. — Les Turcs reprennent l'offensive, les chrétiens seront écrasés.

TAMISE, *à Scander-Bey*. — Prince, levez-vous; revenez nous donner la victoire.

SCANDER-BEY. — Que viens-tu me parler de victoire, s'il est mort celui pour qui seul je vivais!

JONIME, *le reconnaissant*. — Scander-Bey vivant! O miracle!

SCANDER-BEY, *à Tamise*. — Va combattre, Tamise, laisse-moi un instant pleurer mon cher Amèse que je n'ai pu sauver.

JONIME. — Amèse n'est point mort.

SCANDER-BEY. — Que dis-tu?

JONIME. — Vous pouvez le sauver encore. C'est Amurath qui s'est réservé le plaisir d'aller lui-même, demain, lui percer le cœur d'une flèche.

SCANDER-BEY. — Ne trahis-tu point? Qui es-tu, toi qui t'intéresses au sort du jeune Amèse?

JONIME. — L'esclave serbe qui n'a point voulu vous tuer.

SCANDER-BEY. — C'est toi. Eh bien! sois libre, et désormais je te regarde comme un frère. (*Il lui tend la main*.)

JONIME. — Mais hâtez-vous. Seigneur, sauvez les chrétiens et volez ensuite à Croïa. (*Cris au dehors:* Mort aux chrétiens! *Cliquetis d'armes*.)

JONIME et TAMISE. — Ecoutez, Seigneur!

SCANDER-BEY. — Tamise, garde les prisonniers, je vais secourir Hunyade. (*Scander-Bey sort, Jonime le suit*.)

TAMISE, *à Musache*. — On dit que les damnés s'accordent peu ensemble. Eh bien! Musache, allez rejoindre le Sultan, et tous deux faites-vous bonne guerre. (*Il fait entrer Musache avec le Sultan, puis il fait sentinelle à la porte. Cris au dehors:* Scander-Bey! Scander-

Bey!) Ah! ah! Les Turcs s'aperçoivent de son arrivée. (*Regardant au dehors.*) Comme il taille dans la mêlée! Je le vois; vraiment il me paraît comme un Dieu des batailles. (*Il revient et voit une lettre à terre, il la prend et lit.*) Une lettre! de Musache sans doute!... Mais cette écriture, je la connais... (*il lit.*) Ah! on instruisait le Sultan que Scander-Bey s'était évadé,... et signé Mosès... Mosès!... Qui jamais l'aurait cru?... Sans doute le Sultan l'aura reçue trop tard... Mosès un traître! mais le voici... son front paraît plus sombre que la nuit... Que médite-t-il encore?... Cachons-nous. (*Il se cache derrière une draperie.*)

SCÈNE X

MOSÈS, TAMISE *caché*, *puis* JONIME.

Mosès, *entrant.* — A qui maintenant confier cette nouvelle missive?... (*Regardant dans la coulisse à gauche.*) Oh! bonheur! j'aperçois un transfuge lié à une colonne, allons le délier. (*Il entre à gauche.*)

Tamise, *sortant la tête.* — Tiens, je n'avais pas remarqué cet autre prisonnier. (*Il se recache.*)

Mosès, *revenant avec le transfuge.* — Ah!

Le Transfuge. — Oui, au lieu de me donner de l'or, le Sultan m'a fait charger de chaînes.

Mosès. — Tu n'y perdras rien cette fois, c'est moi qui me charge de t'enrichir... Tiens, prends cette lettre, porte-la au Gouverneur de Croïa; dis-lui qu'il la lise à l'instant; va, cours, hâte-toi, prends mon cheval, ne l'épargne point, et si tu arrives assez tôt, tu posséderas des trésors; va, va. (*Il le pousse dehors; revenant.*) Amèse n'est point encore roi! (*Il sort.*)

Tamise, *le suivant lentement et revenant.* — L'infâme! trahir ainsi son roi et son cousin! Que faire? Courir après son transfuge et le tuer? Mais Musache, qui a donné le firman, pourrait s'échapper et y courir par un autre chemin. Amurath ignore tout, puisqu'il est enchaîné... Mais il s'agit de sauver l'Albanie et mon roi... Allons, sacrifions Musache, qu'il meure! (*Il tire son cimeterre et rentre dans la coulisse, on entend un cri.*) Ah!

Jonime, *accourant.* — Enfin, grâce au vaillant Scander Bey, la bataille est gagnée.

Tamise, *ressortant.* — Pas encore!

Jonime. — Que dites-vous?

Tamise. — Rien! rien! Prends mon poste, et surveille Amurath. (*Il sort rapidement le cimeterre à la main.*) Ah! Mosès, sois maudit!

Jonime. — Quel mystère! Où va-t-il?

SCÈNE XI

JEAN, JONIME, SCANDER-BEY, HUNYADE, D'AUBUSSON, MOSÈS, tous les soldats Chrétiens, quelques Prisonniers turcs, puis AMURATH.

Jean, *une croix à la main.* — Gloire à Dieu! ses ennemis sont terrassés! (*Entrée générale.*)

D'Aubusson *à Hunyade.* — Qu'allons-nous faire des prisonniers?

Tous. — Les égorger tous !

Hunyade. — Soldats, assez de sang a été répandu. Qu'on garde les prisonniers pour en faire des échanges, et qu'on les conduise dans notre camp.

Jonime, *à Scander-Bey.* — Prince, faut-il y joindre le Sultan?

Scander-Bey. — Où est donc Tamise qui le gardait?

Jonime. — Je ne sais, Seigneur, il s'est enfui en maudissant Mosès.

Scander-Bey. — Serait-il jaloux de mon cousin? bon et malheureux serviteur, je le plains ! il reviendra. (*A Mosès.*) Mosès, approche; je vais te confier la garde du Sultan; nous allons à Croïa, il faut qu'il y soit conduit et qu'il y voie le triomphe de celui qu'il voulait immoler à sa haine.

Mosès, *à part.* — Oh! bonheur inespéré ! La fortune me revient !

Scander-Bey. — Et maintenant, chrétiens, hâtons-nous, allons sauver le roi d'Albanie. A Croïa seulement, notre victoire sera complète.

Tous. — A Croïa ! A Croïa ! Vive Scander-Bey ! Vive Hunyade !

(*La toile tombe.*)

ACTE QUATRIÈME

L'abside intérieure de la grande église de Croïa; au fond, perspective des voûtes; au milieu de la scène, l'autel élevé de trois marches, mais dépouillé de tout ornement religieux; devant l'autel un fauteuil; à droite et à gauche (premier plan), piliers masquant les entrées du trausept ; à gauche (deuxième plan), l'escalier du clocher.

SCÈNE I

LE GOUVERNEUR, *sur le fauteuil*, GARDES, TAMISE.

Le Gouverneur. — Qu'on aille chercher l'évêque et ses complices. (*Deux gardes sortent.*) Oui, je veux qu'ils renient leur Christ dans le lieu même où ils l'ont adoré. C'est une heureuse pensée qui m'est venue de faire dresser mon tribunal à l'endroit le plus vénéré de leur église.

Un Garde, *conduisant Tamise.* — Je vous amène ce soldat albanais; il vient de tuer un Turc à l'entrée de la ville.

Le Gouverneur. — Bien; qu'on le garde au palais jusqu'à mon retour.

Tamise, *à part.* — Ils ne m'y garderont pas longtemps. (*Mettant la main sur sa poitrine.*) Je les ai là, les lettres de Mosès; Scander-Bey peut arriver sans crainte. (*On l'emmène.*)

2e Garde, *au Gouverneur.* — Les chrétiens ont su que vous alliez juger l'Évêque et les seigneurs, et ils accourent en foule pour mourir avec eux.

Le Gouverneur. — Ont-ils des armes?

2e Garde. — Non, Seigneur; les voici qui suivent les prisonniers.

Le Gouverneur. — Peuple extraordinaire! Il a le courage du lion et se laisse égorger avec la douceur de l'agneau. (*A deux gardes.*) Allez chercher le jeune Amèse Castriot, afin que son supplice les épouvante ; Amurath ne peut tarder à venir. (*Deux gardes sortent.*)

SCÈNE II

LE GOUVERNEUR, DUKAGINI, GARDES, L'ÉVÊQUE,
Seigneurs albanais, Prisonniers, Peuple.

Dukagini, *à Ariamnite.* — Le barbare! dans l'église même de Notre-Dame!

Ariamnite. — L'impie! Il trône même sur l'autel de notre Dieu! (*Suivent les autres prisonniers, puis l'Evêque, dont le peuple baise les mains à genoux. Les gardes frappent les chrétiens pour les faire écarter.*)

L'Evêque, *aux gardes, avec douceur.* — Et pourquoi les frapper? Ne les empêchez point, laissez-les venir tous à moi : ce sont mes enfants. (*L'Evêque continue à bénir et à donner sa main à baiser.*)

Le Gouverneur. — Enchaînez ce vieillard, ce séducteur du peuple.

L'Evêque. — Ce peuple appartient à Dieu, et j'ai l'ineffable certitude que rien ne pourra l'intimider ni le séduire.

Le Peuple. — Juge, nous sommes chrétiens!

Le Gouverneur. — Misérables! et que voulez-vous?

Un Homme du Peuple. — La délivrance de notre évêque, ou fais-nous mourir avec lui.

Tous. — Oui! oui! la mort.

Le Gouverneur. — Alors, pourquoi courir ici comme des insensés! N'avez-vous donc plus chez vous de poignards ou du poison? N'y a-t-il plus, dans l'Albanie, des précipices sans fond pour vous y jeter?

Tous. — Nous sommes chrétiens.

Le Gouverneur, *à part.* — Que ferai-je de cette multitude?

SCÈNE III

LES PRÉCÉDENTS, SCANDER-BEY, MOSÈS, JONIME.

Jonime. — Place au Gouverneur!

Le Gouverneur. — Ah! (*A part.*) Scander-Bey!

Scander-Bey, *s'approche, salue et présente ses lettres. Le Gouverneur lit bas.*

Mosès, *à part.* — Malédiction! Le Gouverneur n'est pas instruit.

Amurath n'est point encore arrivé : il ne sait rien ! Malheur et fatalité ! (*Il sort.*)

Le Gouverneur. — Que la volonté du Sultan soit accompli. Voici les insignes de mon pouvoir. (*Il lui remet sa toge et son collier; Scander-Bey s'en revêt aidé de Jonime. — Le Gouverneur continue.*) Vous voyez ici devant vous une multitude de chrétiens qui s'obstinent à vouloir mourir.

Scander-Bey. — Je suis heureux d'être arrivé dans une semblable circonstance.

Le Gouverneur. — Bientôt va vous être amené le jeune prince chrétien qu'ils voulaient pour leur roi.

Scander-Bey. — Amèse Castriot ?

Le Gouverneur. — Il doit mourir en leur présence.

Scander-Bey. — Je le sais ; le Sultan lui-même voulait lui percer le cœur ; mais, à son défaut, c'est moi qui dois exécuter cet ordre.

Le Gouverneur. — Alors, je puis me retirer ?

Scander-Bey, *aux gardes.* — Soldats, escortez tous votre ancien Gouverneur, c'est un honneur que vous lui devez.

Le Gouverneur. — Eh quoi ! rester ainsi tout seul ! ne craignez-vous pas...?

Scander-Bey, *souriant.* — Que peut craindre un vautour entouré de colombes? (*Le Gouverneur sort, les gardes le suivent. — A Jonime.*) Cours au-devant d'Amèse et demande qu'il soit remis entre tes mains. (*Il revient lentement se placer sur le tribunal.*)

L'Evêque. — Quel homme étrange !

Ariamnite. — Espère-t-il nous persuader d'embrasser la religion du Coran ?

Scander-Bey. — Albanais ! voulez-vous renier votre antique foi ?

Tous. — Nous sommes chrétiens !

Scander-Bey. — Voulez-vous asservir votre liberté au joug du Sultan ?

Tous. — Nous sommes chrétiens !

Scander-Bey. — Voulez-vous élever pour son sérail vos femmes et vos filles ?

L'Evêque. — Mais qui donc es-tu, toi qui nous interroges ?

SCÈNE IV

LES PRÉCÉDENTS, AMÈSE, JONIME.

Jonime, *entrant avec Amèse.* — Le voici.

Amèse. — Scander-Bey ! (*Scander-Bey descend rapidement.*)

Scander-Bey. — Amèse !

Amèse. — Mon oncle. (*Ils s'embrassent.*)

Tous. — Scander-Bey !

L'Evêque. — Il vient nous sauver !

Tous. — Vive Scander-Bey ! (*Les anciens le montrent aux plus jeunes.*)

Scander-Bey. — Oui, Scander-Bey qui vous embrasse tous dans

la personne de notre saint Evêque. (*Il va pour l'embrasser, mais il s'arrête tout à coup.*) Mais non, mes lèvres sont impures, mes mains sont sacrilèges et ma tète est maudite. (*Il jette son turban.*) Loin de moi ces insignes de ma honte. (*Il jette son cimeterre.*) Loin de moi cette arme terrible qui a si bien et si longtemps servi le tyran de ma patrie, l'assassin de mes frères ! (*Il se jette aux genoux de l'Evêque.*) O mon Père, pardon !

L'EVÊQUE, *le relevant.* — Sois pardonné, mon fils. (*Il l'embrasse.*)

SCANDER-BEY. — Et maintenant je ne m'appelle plus Scander-Bey, mais Scander, qui veut dire Alexandre. Fils des Hellènes, souvenez-vous de ce héros ! Montrons-nous dignes de nos pères, secouons le joug de l'Asie, que nos ancêtres ont tant de fois vaincue. Albanais, voulez-vous être libres ?

TOUS. — Oui ! oui !

SCANDER-BEY, *plaçant Amèse devant lui.* — Eh bien ! je vous présente votre roi ; saluez-le, ce gage de votre nationalité et de votre indépendance.

TOUS. — Vive Amèse Castriot !

SCANDER-BEY, *prenant une croix.* — Albanais, notre cause est celle de la Croix. Marchons donc sous son étendard comme fit le grand Constantin, et comme lui nous vaincrons par ce signe.

ARIAMNITE. — Le Croissant est l'étendard des Turcs, que la Croix soit celui des chrétiens ; avec elle nous serons vainqueurs.

TOUS. — Dieu le veut ! Dieu le veut !

L'EVÊQUE, *qui est allé prendre une épée sous l'autel.* — Voici l'épée de votre père !

SCANDER-BEY. — Frères, à genoux devant l'Evêque afin qu'il nous bénisse. (*Tous à genoux.*)

L'EVÊQUE, *debout sur le marchepied de l'autel.* — Soyez bénis, mes frères, au nom du Dieu des armées. Puisse vous rendre victorieuse Celle qui est terrible aux démons comme une armée rangée en bataille !

SCANDER-BEY, *se levant.* — Albanais ! (*Ils se lèvent.*) C'est à la Vierge puissante que je dois mon salut. (*Mettant son chapelet à la garde de son épée.*) Voici son étendard, qu'il soit aussi le vôtre. Partout où vous le verrez flotter au-dessus de vos têtes, sachez que là est votre chef, et venez vous rallier autour de lui.

TOUS. — Victoire à la Vierge !

SCANDER-BEY. — Aux armes donc !

TOUS. — Aux armes ! (*Fausse sortie.*)

SCÈNE V

LES PRÉCÉDENTS, TAMISE.

TAMISE, *accourant.* — Prince, vous êtes trahi ! Voici le Gouverneur qui accourt avec toute la garnison ; Amurath est à leur tête. Laissé un instant seul par les soldats, je me suis échappé du palais où j'étais prisonnier.

SCANDER-BEY. — Gloire à Dieu, qui les fait sortir de leur redoute ! Ils viennent eux-mêmes s'offrir à nos coups. Pour Amurath, puissé-je le rencontrer dans la mêlée. Suivez-moi, nobles Seigneurs, sous le portique de l'Eglise.

ARIAMNITE. — Nous sommes sans armes.

SCANDER-BEY. — Vous prendrez celles des premiers qui tomberont sous mon épée.

TAMISE. — Votre courage vous égare : ils sont deux mille, vous succomberez avant d'avoir exterminé cette multitude.

SCANDER-BEY. — Ne crains rien, j'ai fait avertir Hunyade et d'Aubusson, qui sont avec mes soldats dans la forêt d'Ircanus, non loin des remparts.

TAMISE. — Et par qui ?

SCANDER-BEY. — Par Mosès ; mais voici les ennemis, que Dieu nous soit en aide ! (*A l'Evêque.*) Veillez sur cet enfant. (*Il l'embrasse.*)

AMÉSE. — O mon oncle !

SCANDER-BEY. — A moi chrétiens ! Mort aux infidèles ! (*Il sort.*)

TOUS, *le suivant.* — Mort aux Turcs !

TAMISE, *atterré.* — Mosès ! (*Il reste anéanti.*)

ALEXIS, *à part.* — Mosès ! ô ciel ! il aura tout révélé.

L'EVÊQUE. — Dieu ! sauvez-nous.

TAMISE. — Que faire ?

ALEXIS, *se tournant du côté du clocher.* — Si j'osais, de là je pourrais parvenir vers Hunyade.

TAMISE, *tourné vers la porte.* — Comment percer cette masse d'infidèles ?

ALEXIS. — Hélas ! je suis trop jeune, Hunyade ne me connaît pas.

TAMISE. — Allons mourir à côté de Scander-Bey.

ALEXIS. — Mais avec ce soldat...

TAMISE. — Sois maudit, Mosès !

ALEXIS. — Guerrier, on peut réparer sa perfidie : une fenêtre du clocher donne sur les remparts ; les cordes des cloches peuvent atteindre la terre.

TAMISE. — O merci, mon Dieu, puissions-nous arriver assez tôt ! (*Ils sortent rapidement.*)

AMÉSE, *regardant au fond.* — Quels coups terribles portent Scander et Ariamnite ! Plusieurs Seigneurs sont déjà armés.

L'EVÊQUE. — Prions Dieu de leur donner la force des David et des Samson.

(*Prière extraite de* Guillaume Tell.)

Toi, qui du faible es l'espérance,
Sois-nous propice, ô Providence ;
Dans leurs projets, dans leur vengeance,
Trompe et confonds nos ennemis ;
Brise le joug qui nous opprime,
Dans l'oppresseur punis le crime !
Sauve ce brave ; il meurt victime
De son amour pour son pays.

SCÈNE VI

LES PRÉCÉDENTS, SCANDER-BEY, *plusieurs* ALBANAIS, *puis* AMARATH *et* SOLDATS TURCS.

AMÈSE. — O ciel !

L'EVÈQUE. — Qu'y a-t-il, mon enfant ?

AMÈSE. — J'ai vu tomber Scander, frappé à la tête d'un coup de massue.

L'EVÈQUE. — O Dieu ! nous auriez-vous abandonnés ? (*Scander-Bey porté par des Albanais, arrive au pied de l'autel ; l'Evêque lui ôte son casque et se penche sur lui.*) Il n'est qu'évanoui.

AMÈSE, *à gauche.* — Les seigneurs fléchissent ; les Turcs apparaissent.

L'EVÊQUE. — O Dieu ! sauvez votre peuple. (*Ariamnite et les seigneu   reculent en combattant ; ils viennent former un rempart à Scand. et moui.*)

AMU...TH et les TURCS. — Victoire ! mort aux chrétiens ! (*Ils paraissent à l'entrée des coulisses.*)

AMURATH. — Tous vos efforts sont inutiles, rendez les armes et livrez-nous Scander-Bey.

ARIAMNITE. — Jamais !

AMURATH. — Livrez le traître ou périssez tous avec lui.

TOUS. — Eh bien ! frappez !

AMURATH. — Soldats, en avant ! (*Cris du peuple en se tournant vers le clocher. Les Sarrasins, étonnés, s'arrêtent, reculent. — Entrée des chrétiens à droite.*)

SCÈNE VII

LES PRÉCÉDENTS, JEAN, D'AUBUSSON, HUNYADE, SOLDATS CHRÉTIENS.

JEAN DE CAPISTRAN, *un crucifix à la main.* — Soldats du Christ, voilà les ennemis. (*D'Aubusson et les chrétiens se précipitent. Les Turcs fuient. Les seigneurs armés crient :* Mort aux infidèles !)

AMÈSE. — Ils sont aussi attaqués par derrière.

ALEXIS. — Ils sont cernés de toutes parts.

SCANDER-BEY, *se réveillant.* — Où sont les ennemis ? (*Bruit.*) Mon casque. (*L'Evêque le lui donne ; il sort, le peuple le suit ; on entend :* Victoire ! Mort aux infidèles !)

L'EVÈQUE. — Dieu le veut ! je le vois ; allons donc chercher, parmi les joyaux que j'ai enfouis dans un lieu secret de cette Eglise, la couronne des Castriots, qui doit faire le principal ornement de ce jour à jamais mémorable. (*Il sort à droite.*)

SCÈNE VIII

AMÈSE *priant au pied de l'autel,* AMURATH, *le cherchant,* MOSÉS, L'ÉVÈQUE.

AMURATH. — A toi la ville, ô Scander-Bey, mais à moi cet enfant. (*Il le frappe de son poignard.*) Sois donc martyr, puisque tu l'as voulu.

(*Amèse pousse un cri et tombe dans les bras de l'évêque, qui revient avec un coussin et une couronne.*) Vieillard, je te laisse la vie, afin que tu puisses dire à Scander-Bey comment le Sultan s'est vengé.

Mosès, *accourant.* — Par ici, mon Sultan, par ici : une porte a été laissée ouverte. Allez rallumer, par votre présence, l'ardeur de vos soldats. (*Tous deux sortent.*)

L'Évêque, *après avoir constaté la mort du jeune prince.* — Il est mort ! Cher enfant, je lui apportais la couronne de la terre, et Dieu, qui l'a fait martyr, lui a déjà donné la couronne du ciel.

Mosès, *rentrant tout effaré.* — Malédiction ! le Sultan s'est enfui, tout m'échappe. A quoi m'ont servi tant de crimes ?... O fatal génie qui, s'attachant à mes pas, déjoue tous mes projets ! Maintenant, Scander-Bey va revenir vainqueur... il ignore ma perfidie, irai-je au-devant de lui ?... Où fuir ? où me cacher ? Si j'implorais sa clémence ? Mon sang coule dans ses veines... Moi à ses pieds et lui sur un trône !... Oh ! jamais ! jamais !... Ah ! plutôt la mort !... Non. Tout m'abandonne... Rallumez-vous, fureurs de mon envie... O désespoir, inspire-moi... Oui, mourir, mais avec mon rival... Viens m'aider, Satan ; qu'il expire à mes yeux et je suis à toi... A moi ! à moi ! furies de l'enfer !

SCÈNE IX

LES MÊMES, ALEXIS, PEUPLE.

Le Peuple. — Traître ! traître !

Mosès, *troublé.* — Que me veut ce peuple ?

Alexis. — Oui, oui, c'est lui qui nous a livrés au Gouverneur.

Tous, *s'emparant de Mosès.* — Mort au traître !

Une voix. — Il faut le lapider.

Alexis. — Non, il faut le précipiter du haut du clocher.

Tous, *l'entraînant.* — Oui, oui, à la tour.

SCÈNE X

JONIME, LE VIEILLARD, L'ENFANT, L'ÉVÊQUE, AMÉSE, *mort.*

Jonime, *rentrant, retrouve son père et son fils entrés avec le peuple, et qui étaient restés au fond ; il s'élance vers eux.* — Mon père !

Le Vieillard. — Mon fils ! (*Ils s'embrassent.*)

L'Enfant, *se jetant dans les bras de Jonime.* — Mon père !

Jonime. — Mon enfant ! (*Il l'embrasse.*)

L'Évêque, *à deux hommes du peuple.* — Apportez ici le brancard funéraire ; je vais prendre la palme des martyrs. (*Il détache une palme de l'autel.*)

Jonime, *s'approchant.* — Mais que vois-je ? Amèse assassiné !...

L'Enfant. — Le jeune prince qui prit notre défense et nous sauva la vie !

LE VIEILLARD. — Que Dieu le récompense de cette bonne action ! *(Deux hommes du peuple apportent un brancard. Jonime et le vieillard y déposent le corps d'Amèse. L'évêque place entre ses mains la palme des martyrs.)*

SCÈNE XI

LES PRÉCÉDENTS, SCANDER-BEY, JEAN HUNYADE, TAMISE, SOLDATS CHRÉTIENS.

JEAN CAPISTRAN, *une croix à la main.* — Allons rendre gloire à Dieu. *(Apercevant Amèse.)* Mais quel est cet enfant ?

L'ÉVÊQUE. — A genoux ! c'est le corps d'un martyr ! *(Tous s'agenouillent ; les soldats chrétiens rentrent, ils se rangent autour du martyr.)*

SCANDER-BEY, *entrant, recule d'un pas, regarde avec anxiété, reconnaît Amèse, pousse un cri.* — Amèse ! *(Il se précipite sur le corps, l'étreint, l'embrasse, puis se relevant et le contemplant :)* Amèse ! c'en est donc fait ! ta froide main ne presse plus la mienne…, tes lèvres glacées n'ont rien à me répondre, et ton cœur a cessé de battre… *(Se retournant vers l'Évêque.)* Mais qui donc est venu le frapper jusque sur votre sein ?

L'ÉVÊQUE. — Le Sultan lui-même.

SCANDER-BEY. — Amurath !

L'ÉVÊQUE. — Il est venu, ivre de fureur, venger sur cet enfant sa défaite et sa honte ; il l'a immolé avant que j'aie pu le prévenir.

SCANDER-BEY. — Et où est-il ?

L'ÉVÊQUE. — Il s'est enfui par les soins de Mosès.

SCANDER-BEY. — J'ai vu, du sommet de la tour, le peuple qui punissait le traître. Mais pour toi, Amurath, je te voue à ma haine. Oui, je te trouverai, dussé-je pour cela pénétrer jusque dans ton palais d'Andrinople. Mon épée percera ton armure et ira jusqu'à ton cœur s'abreuver de ton sang. *(Aux chrétiens.)* Approchez tous. Hunyade, armez-moi chevalier. *(Il s'agenouille.)*

HUNYADE, *lui frappant l'épaule de son épée.* — Au nom du Dieu des combats et de la sainte Église, je te fais chevalier. *(Le relevant et l'embrassant.)* Soyons frères !

L'ÉVÊQUE, *plaçant sur la tête d'Amèse une couronne de roses rouges que lui apporte un enfant.* — A toi, enfant, la couronne des martyrs que tu as ambitionnée !

JEAN CAPISTRAN. — Venez, noble Scander-Bey, recevoir de la main du Légat du Pape la couronne de votre royaume.

SCANDER-BEY. — Je l'accepte cette couronne de fer, teinte du sang des martyrs. *(Il s'agenouille, on lui met le manteau royal et Jean le couronne.)*

JEAN CAPISTRAN. — Salut et victoire à Scander-Bey couronné de la main de Dieu.

TOUS. — Vive Scander-Bey ! Victoire à son armée !

SCANDER-BEY, *se plaçant derrière le corps.* — Et maintenant, chrétiens et nobles chevaliers, venez tous, sur le corps sacré de cet enfant martyr, jurer avec moi haine à Mahomet et guerre éternelle à ses sectateurs !

(Solo et chœur, extraits de Nabuchodonosor, *opéra de Verdi.)*

SOLO.

L'avenir à mes yeux se dévoile ;
Pour moi seul *(bis)* il a levé son voile,
Et j'ai vu, j'ai vu briller l'étoile,
De la foi du Sauveur
Gage libérateur.

CHŒUR.

Ah ! bientôt !

SOLO.

Oui, bientôt, de ses fers délivrée,
Par la croix l'Albanie honorée,
Poursuivis de contrée en contrée
Verra fuir ses tyrans oppresseurs ;
Puis enfin les vengeances célestes
Déchaînant mille fléaux funestes,
De l'Islam disperseront les restes
En chassant ses derniers, ses derniers défenseurs.

CHŒUR.

Quelle ardeur et quelle foi respire
Dans ses traits graves et menaçants ! *(bis)*
C'est Dieu même, oui, c'est Dieu qui l'inspire
L'espoir renaît à ses accents.

FIN.

IMP. GEORGES JACOB, — ORLÉANS.

A LA MÊME LIBRAIRIE

A. DE CHAUVIGNÉ

La Fête du Directeur, comédie en un acte, mêlée de couplets. Une brochure. » 50
Les deux Robinsons du Château noir, comédie-lecture. Une brochure. . . . . » 50
L'Équipée, comédie en un acte, mêlée de chants. Une brochure . . . . » 50
La Saint-Augustin, comédie en un acte. Une brochure. . » 50
Les Suites d'une Faute, comédie en un acte. Une brochure » 50
Devant l'Ennemi, comédie en un acte. Une brochure . . » 50
La Dernière lettre, comédie en deux actes. Une brochure. » 50
Une Conversion sous Dioclétien, drame en trois actes. Une brochure. » 50

JEAN GRANGE

La Justice du duc de Brunswick, comédie en un acte. Une brochure. 1 »

JEAN DRAULT ET JULES CLERMONT

Fricotard et Chapuzot, comédie en trois actes. Une brochure . . . . 1 »
Le Mouchoir de Chapuzot, monologue. Une brochure. . » 50

AUGUSTE VOISINE

Les Francs-Tireurs de Belfort, drame patriotique en trois actes. Une brochure. 1 25

NUNC

Le Dernier jour de l'Apostat, drame en trois actes et en vers. Une brochure. 1 50

AUGUSTIN PAUL

Garcia Moreno, président de l'Équateur, drame en trois actes et en vers. Une brochure. 1 50
La musique, se composant de six morceaux, se vend séparément. 2 »

M. J. G. B.

Les Saints Jumeaux, drame historique en trois actes et en vers. Une brochure. . . . . » 50
Sabinus, drame historique en cinq actes. Une brochure.. » 75

IMP. GEORGES JACOB, — ORLÉANS.